# 在不确定的世界里安住

郑义林 著

# 序

2020年春节，暂停键被按下。

接着，新冠肺炎疫情在全世界范围蔓延，疫情的阴影笼罩着全球，我们的工作和生活在一夜之间被改变。

大部分时候我们认为，我们生活的世界是确定的、稳定的。然而，事实上我们生活在一个不确定的世界里。那些意外和不确定性事件看似是少数和偶然，可一旦发生，却足以对我们的生活产生极大影响，就像一只黑天鹅的发现，便可以颠覆所有人的认知。

在《黑天鹅》的作者塔勒布看来，历史和社会不是缓慢前行的，而是从一个断层跃上另一个断层。纵观历史，人类的文明进程，往往正是被少数黑天鹅事件改变的，而这次新冠疫情，已经影响到全世界的金融、贸易、旅游、交通等各行各业，人类的经济与政治或许也将面临一场大变局，美国前国务卿基辛格在《华尔街日报》刊登评论，指出新冠肺炎大流行将永远改变世界秩序，疫情所造成的世界影响已不可逆转。而更为深远的是，这场灾难也将深刻地影响着我们的价值观与生活方式。

这样的灾难和困境，在历史上不是第一次，也不会是最后一次。

我们大多数人会本能地追寻“确定性”，让自己处于“稳定和安全”的状态。所以，当巨大变故突然出现时，尽管它不可预测，我们却会因为对“不确定”的恐惧，而去寻找一些合理的解释证明其“确定性”。毕竟我们觉得，有解释总比没解释好。然而，我们想找到世界确定性的努力，往往是徒劳的。

面对一个充满不确定的世界，人都是脆弱的，怎么办？塔勒布说，我们要构建起属于自己的“反脆弱”机制，才能更好地活在这个不确定的时代。

对于每个人来说，面对突如其来的灾难与意外，需要极速调整心态，主动理解并接受变化，以适应不同以往的生活与工作方式；同时增强个人的“健康力”，保持身心平和愉悦，安住当下，冷静下来重新思考健康、财富、家庭、生活和工作等。

生活的意义是什么？或许你已经很久没有思考过这个问题了，或许你已经很久没有认真地陪伴过家人，或许你已经很久没有这样用心地对待周围的一切。而此刻，用“正念”的心情体验一切。当下，是一朵花，美好而永恒。

创业的意义是什么？这是过去一年我一直在思考的问题。

从“旁观者”下海，成为“躬身入局者”，我与大多数创业者一样，经历过起步阶段的迷茫、彷徨、焦虑甚至是恐惧。硅谷创业教父史蒂文·霍夫曼说：“创业，就是一场穿越寒冬的冒险，而其中最凶险的一段旅程，是在创业起步阶段。”

是的，创业就像在大海上航行，一名经验丰富、果决勇敢的船长，对于航船能否成功抵达彼岸，至关重要。在危机面前，任何焦虑、恐惧都无济于事。面对创业过程中突如其来的风浪，与其逃避，不如正面面对，倾其所有的勇气是成功创业者的基础素质。

这段时间我被问到最多的问题是：“你创业一年来最大的感悟是什么？”我用了4个词16个字来形容：“如履薄冰、如临深渊、战战兢兢、兢兢业业。”如今，身处创业大潮中的我，深刻领悟到创业维艰，初心可贵，信念如航灯。

创业的航程不就是一场生命的修炼吗？航程中虽有海阔天空，但更多的是大雾弥漫、风雨飘摇和惊涛骇浪。创业的过程，是不断自省，不断磨炼，不断完善的过程。水滴石穿，终见大海。创业者凝聚生命的点点滴滴，投身于有意义的工作，最终达到思想自由与人格完整的境界。我想这就是创业的意义吧。

本书取名《在不确定的世界里安住》，分成“开悟”“生活”“记录”“行走”和“创业”等五大篇章，主体内容是在2020年初新冠疫情全球肆虐的时间里完成。

写作本书的目的，一方面是记录华董汇创办一年来的所思所见所想，记录创业过程中的所有酸甜苦辣；另一方面更是在遭遇突如其来的新冠疫情后的重新思考。当事情飞速发生，已然失去控制时，唯一的方法就是让自己静下来。这次疫情是一个很好的暂停键，让我们停下了匆忙的脚步，从一个全新的视角反思：面对不确定的世界，什么才是生命中最重要的事情？

最后，我想借用霍夫曼船长的一段日志，来与大家共勉：

很久以前，

我曾经迷失在暴风雪之中，

大雪遮蔽了我的视线，也掩埋了我的归路。

在那个冬天我死去了。

但没过多久，

春天回来了，冰雪融化了，

我复活了。

再一次，我踏上了寻梦之路。

郑义林

2020 年 5 月 1 日

创业者凝聚生命的点点滴滴，投身于有意义的工作，最终达到思想自由与人格完整的境界。我想这就是创业的意义吧。

# 目录

## 第一篇 开悟


不仅活着，更要活好 / 002

理解变化 / 012

环境、方法与自我认知 / 018


## 第二篇 生活


阅读蒙田，是为了生活 / 025

浮生若梦，为欢几何 / 036

热爱生活 / 045

学会与父母和解，
是我们一生的修行 / 054

写给儿子的信 / 061


## 第三篇 记录


2020 年的春天 / 067

珠三角制造业真相 / 073

吴晓波来访 / 085

饭局简史 / 092

## 第四篇　行走

我心归处是敦煌 / 104
鸣沙山·月牙泉 / 111
西行，东归 / 118
河内印象 / 128
曼谷郑王庙 / 135

## 第五篇　创业

跨界论道：创新与创业 / 143
华为团队工作法 / 159
勇气 / 171
因为热爱 / 178
创业江湖 / 185
在人生的更高处相见 / 192

## 后记　相信细水长流的力量

## 附录　推荐语

# 第一篇

## 开悟

## 不仅活着，更要活好

不仅活着，更要活好，死亡并不是生命的终止，而是“新的开始”。

一

如果你对面是一位 105 岁的老人，他走过了一个多世纪的风雨，见过无数的风景，看过人间百态，你会不会好奇：在一百多年的岁月里，他是如何“活好”的？他如何评价生命和生活？他又是如何看待死亡的？

日野原重明先生生于 1911 年，是日本皇室家庭医师，是将健康检查带入日本、在日本提倡预防医学的第一人。他一生写作 200 本书，最后一本作品《活好》，是他以 105 岁高龄恋恋不舍地离开人世前留下的，是他无论如何都想竭尽生命最后的力量传达给后人的智慧。

《活好》以采访的形式写下来。你没法要求一个百岁老人写书的时候要有科学性，要有逻辑性。这些东西在百年岁月前太单薄、太肤浅。百岁老人发自肺腑的每一句话，都是生命酿造出来的原浆。

关于生命和生活，日野原重明先生说：“人这一生一定会遇到很多很多的困难。但是困难越大，越会发现那个了不起的自己。与苦难相比，得到的喜悦更多。”

年轻时可能无法理解这些话，可是我刚过不惑之年，回头看一路走来的艰辛和付出的努力，发自内心地感恩现在所拥有的一切。

那么，生命究竟是什么？

日野原重明先生说，生命是种能量体，看不到，却存在。以“生命学习”为主题，他致力于宣传生命尊严，并与日本各地十几岁的孩子们交流。

他对孩子们说：“生命存在于我们能够支配的时间里。儿童时代，我们几乎把所有的时间，用在了自己身上。只有长大后，我们才有能力为他人、为社会贡献时间。”

他希望孩子们长大后，能够意识到这一点，尽可能帮助那些需要帮助的人。

## 二

从古至今，爱是人类永恒的主题。

对日野原重明先生来说，爱与被爱是他活着的能量源。爱他人和被人所爱，是人类专属的独特感受。

一方面，人在传递爱时，自己也能获得幸福感。就像歌唱家菲奥伦扎·科索托领悟到的：要赢得全体观众的喜爱，必须发自内心地感谢到场的每个人。

每当登上舞台，她就想象着如何向每一位观众传达“我爱你”

的想法。这种做法，让她与观众之间的相互喜爱交融。这使她总能感动观众，使她的艺术生命长盛不衰。

另一方面，人希望被爱，亦是人之常情。但在寻求被爱时，人们却常用自己的标准去要求对方。

日野原重明先生认为，爱是接受最真实的他 / 她。当你接受了对方让你不喜欢的地方时，你会发现，他 / 她身上有更多美好的特质。但如果只考虑自己，不顾及对方，即便有人爱着你，你也感受不到。

他说，如果你爱那个最真实的他 / 她，你的一切也会被他 / 她真挚地热爱。

## 三

不仅活着，还要活好。“活好”的一个重要话题，是你有多少真正的朋友？你的一生，是如何与他人相处的？

日野原重明先生对“真正的朋友”的诠释让我恍然大悟：真正的朋友，是祝愿我一切都好的人；真心祝愿对方的人，才能把对方当作自己一样去牵挂。

那么如何才能找到真正意义上的朋友呢？

最重要的是你内心的感觉，然后要与那个感觉会成为朋友的人花时间在一起，比如一起散步、聊天，时间长了，不知不觉你们之间就像是架起了一座桥梁，彼此受邀请进入了对方生活的舞台。在那个舞台上，有时需要一起面对生命中的挑战，有时一起经历生命中里程碑式的事件。

“度尽劫波兄弟在”，成为真正的朋友，我们需要有共同的经历，在面对人生困境时彼此扶助。

除了朋友，家人更是我们生命中不可缺少的一部分，要明白如何与家人相处，首先要理解“家庭”是什么。

日野原重明先生说，“家庭就是一起围着吃饭”。能在一起吃饭，这本身就是一件了不起的事情，我们不必像演肥皂剧那样——家庭成员笑容满面地围坐在摆满佳肴的餐桌旁，以为这才是理想的合家团聚。其实，一家人自然地围坐在一起吃饭，这本身就是作为家人才会有的幸福。

因为每餐都围坐在一起，家人之间产生了一种纽带，彼此之间充满感激之情。就是因为共同面对了生命中的风风雨雨、起起落落，我们才成为一家人，才能共同面对生活中的酸甜苦辣，体验人生的跌宕起伏。

对于我们来说，良好的人际关系十分重要。但是我们遇到的不可能都是自己喜欢或者喜欢自己的人。这个时候我们应该怎么办呢？

日野原重明先生的患者告诉他，得了病以后才意识到什么是生命中最在意的东西。与当初自己最讨厌的事物在一起磨合久了，居然能发现生命中最珍惜的东西。人际关系不也可以借鉴学习吗？于是每到这种时候，他就对自己说：活了 100 多岁，我对真正的自己都还没完全搞清楚，别人不理解我很自然啊。他深刻体悟到，那些让自己不开心的人际关系中，反而蕴藏着可以丰富我们人生经历的启示。

这时你肯定会问，即使这个人伤害了我，我也要宽恕他吗？日野原重明先生说，宽恕真的是一件很难做到的事情。58 岁时，日野原重明先生经历了日本历史上第一次劫机事件，被劫持 4 天之后，他得以回到日本。对他来说，那些劫机者就是“无法原谅的人”。他说，在那样恐怖和痛苦的氛围中，我无论如何做不到原谅，但我也尽一切努力去理解他们。

在飞机上，劫机者问乘客要不要看书，日野原重明先生挑了一本小说《卡拉马佐夫兄弟》，他后来对这本小说的思想一直有困惑，在离世前他还想再读一遍，他说也许到那个时候，才能领悟出宽恕的真正含义。不知道日野原重明先生在离世前是否完成了这个心愿，但他宽恕他人的努力却给了我们启示。

在日野原重明先生眼里，无论是朋友，还是家人，与人相处都要报以温柔之心，花费时间与他们一起聊天、散步、吃饭……做一些生活中琐碎的事情，然后彼此成为家人、成为朋友。即使是一段不开心的人际关系，也会教给你很多事情。

哈文在一篇纪念丈夫李咏的文章里，写道：

“当灾难来临，恋人逝去，往事如烙，回忆成殇，留在世间的那个人才在后悔和眼泪中明白：在一起时，所有的时间都不该用来谈对错，论是非，生闷气，闹情绪，而应该用来紧紧拥抱，好好相爱，深深相吻。因为，一旦逝去，你才懂得爱与被爱的珍稀。所以，如果可以，有人爱或正爱人的你，请张开双臂对身边的那个人说句：我爱你。”

## 四

第二次世界大战结束时，日野原重明先生 33 岁。在 20 世纪 30 年代，他开始思索，作为医生，他该如何帮助更多的人？

带着这样的疑问，他开始了与自己的对话，并深刻地意识到，要以“真实的自己”活下去。

活出真实的自己，日野原先生给了三个建议。

第一，不在乎身外之物。如果把名利地位、他人的赞美等外在之物看得太重，我们将无法向内审视自己，无法看到真实的自己。

第二，不被他人的评价左右。我们应该运用自己的能力，积极利用环境条件，专注于应该做的事。要做到这些，需要我们追求一种简单的生活方式。

第三，顺其自然，不要勉强。一方面，我们要为理想不懈奋斗。另一方面，当理想无法实现时，学会坦然接纳。这就是所谓的“尽人事，听天命”。

人生在世，不可能随心所欲做任何想做的事情，无忧无虑地生活，是不太容易实现的。本来我们就决定不了生命的起点，选择不了时间，决定不了环境。

为了发自内心地生活下去，不要太在意别人的目光，鼓起勇气行动起来，试着对自己说：现在这样的你，活着就具有重大意义。

## 五

面对疾病，日野原重明先生说：“感谢疾病带来内省的机会，感受在一起的喜悦。”

人身上有一种不可思议的力量，病痛会让身体日渐衰弱，可是不久，生命会从衰弱中产生一种类似于种子般的强韧力量。

作为医生，日野原重明先生遇到过很多这样的患者。

年过百岁的他，也开始身患各种各样的病痛，他在心里分析这样的状态，感觉病痛和自己的身体的关系，就像相扑运动一般。最初疾病和身体发生“猛烈碰撞”，然后二者就像相扑台上的两个选手，结结实实地扭打在一起、打成一团，互不相让，在决一胜负的过程中，疾病和身体产生了一种像纽带一样的关系。

这种感受，让日野原重明先生发现自己所斗争的，并不是疾病本身，而是想去实现的那个“理想中的我”。

是的，活着并且身体健康时，我们没有好好珍惜，时常有这样或那样的抱怨和不满。人一生病，随之而来的是难以诉诸笔墨的痛苦。不过全然因为有如此切肤之痛，才能警醒一直恣意妄为的自己，对健康心生敬畏与感激。

日野原重明先生发自心底地认为：疾病是上天的恩赐。

作为医生，日野原重明先生对死亡有更深刻的理解。

“先生活到 105 岁，难道不怕死吗？”

“当然怕了，仅仅是被你问，我就紧张到两腿发软。因为疾病越来越重，自己的体能日益衰退，死亡的气息也就越来越逼近。我作为医生，对人总难免一死的事实有更深刻的体会。正因为这样，每个清晨醒来发现自己还活着，我就会发自内心感到喜悦。”

既然结局无法改变，那就让剩下的时间不要荒废。日野原重明先生拼尽全力去完成人生未完成的使命，每天都这样一边祈祷，一边努力生活。

他目睹很多亲人的离去，送走了最爱的妻子。他深刻地体会到：死亡不是生命的终止，而是“新的开始”。他说：“原来人死后并不会烟消云散，并不会从生者生命中彻底消失；相反，通过时时追忆，他们会以更为深刻的方式镌刻在我们的生命里。就比如现在，我觉得妻子从未离开，这种在一起的感觉在她离世后更加强烈。”

2017 年 7 月 18 日，日野原重明先生离世，享年 105 岁零 10 个月。

作为医生，日野原重明先生活着的时候一直在帮助别人，到新的世界，他工作的起点，依然是继续帮助每个需要帮助的人。他临走前说的话，留下的文字，就像一粒粒麦种一样，在人世间结出丰硕的果实。

在读《活好》的时候，我的双眼常常湿润。因为日野原重明先生所谈论的每一个话题都是我们这辈子一定会面对的问题。就算你鲜衣怒马的时候会忽略这些问题，但迟早，这些问题会想起你。问的人忧心忡忡，因为就算知道答案，面对这些问题也没有那么简单，答的人云淡风轻却句句都是要害。因为一位百岁老人，没理由浪费时间，没理由追名逐利，没理由故弄玄虚。在他人生的最后日子，每句话就都显得弥足珍贵。

“Keep on going！勇往直前！”

这是先生留给我们最大的启迪与勉励，生命不管处在什么阶段，什么状态，都要始终保持勇往直前的奋斗精神，永不止步。

人这一生一定会遇到很多很多的困难。但是困难越大，越会发现那个了不起的自己。

真正的朋友，是祝愿我一切都好的人；真心祝愿对方的人，才能把对方当作自己一样去牵挂。

## 理解变化

“自然界生存下来的，既不是四肢最强壮的，也不是头脑最聪明的，而是有能力适应变化的物种。”

——达尔文

### 一

2019 年 7 月，我离开原来的工作岗位，创办了企业家社群平台——华董汇。过去 10 年，我的工作是服务创业者和企业家，这一年，我自己成为一名真正的“创业者”，更加深刻地理解创业者和企业家所要面临的真实世界。

这一年，我的工作更加忙碌，丝毫停不下来。不断变化的外部环境和市场，让自己充实又面临着挑战，很大的焦虑与恐惧占据着我的内心，担心做不好，辜负朋友们和团队的信任和支持。所以，每一天我都是战战兢兢、如履薄冰，工作不敢有丝毫怠慢。

但是即便是这样的满负荷和紧张，我还是觉得自己的付出不够，因为我们需要加倍的谨慎和努力，才可以不辜负发展机遇和企业的信任。2020 年开春，一场突如其来的新冠肺炎疫情席卷全球，大多数国家受波及，广大中小企业生存受到严峻的的考验，企业的领导者带领团队快速反应，各自展开自救行动。

这样的“黑天鹅”来得太快，很多人还没准备好，就被卷入无尽的变化和挑战当中。我们猝不及防，这种变化让我们的生活和工作都受到不同程度的影响。而事实上，每一个人都要接受变化，因为世界从来都是在不断变化的。

历史的教科书，总是脉络清晰、趋势明确、因果关系分明，但真实的历史过程根本不是这样，而是随机的、踊跃的、断崖式的，充满了混乱和不确定性。正因为如此，我们需要调整认知，理解变化。

## 二

我住在深圳湾畔，这里有绵延数十公里的滨海长廊，也是深圳人文与自然生态融合最美的一道风景线。

晨起，一个人去深圳湾公园跑步，从阅海广场出发，终点是观海长廊，往返大约五公里。清晨的太阳很美，从海湾对面的小山上缓缓地爬起，带着略显羞涩的脸。一湾之隔，两城之间，一座大桥蛟龙般蜿蜒入海，连接着美好与希望，令晨起的人儿心生愉悦。

真心感谢公园的设计者，让这座繁忙的城市有了这么一个休闲之处。我沿着步行道跑去，时而加速跑起，时而放慢脚步；跑道弯弯曲曲，两旁的小树也长高了很多，翠绿的树叶迎风摆动，一种心旷神怡的感觉涌上心头，瞬间觉得步履轻松了很多。

突然发现，两侧的丛木中多了许多开得灿烂的黄花，我叫不出名字，但却有一种似曾相识的感觉。我感受到春天已经来了，一切想说的话都无法说出来，一切感念在这一刻浮现，一路上，夹杂着鸟啼、虫鸣，应和着我内心的震动。

跑累了，找个观海处，一个人静静地观察着小鱼和岩石，也可以远望出海归来的渔船和渔民，每每这个时刻，我内心都会有一种幸福而美好的感念，于喧嚣浮躁之中，寻求一份安然，我心已足矣。

记得小时候，父亲常常告诉我一句话，“船到桥头自然直”，这是一句谚语，说的是许多事到了那个节点，自然会是你期望的结果，做事情只要顺势而为，遵从规律就可以，不必要太过于刻意去追求。

其实，人不必要太在意其他的东西，不必要给自己太多的压力。我总是觉得我们没有很好地把握发展过程的节奏，没有能够很好了解自然和规律。一是因为我们的生活习惯，太过注重欲望的满足；二是因为世人所谓的“光环”，人们太过在意外在的评价。

晨跑，让我了解到什么是真正的变化，每一天的天空、大海、树木、花儿、小草都在变化，没有杂念，不断地和时令、气候以及周围的环境融合在一起，没有谁刻意宣扬自己的变化，没有谁刻意地占有资源，每一个变化都是为了与周围的一切和谐共生，都是自然而然的调整。我常常被小区中的植物感动，时而红黄一片，时而碧绿荡漾，春风秋雨、盛夏凉冬，它们顽强地与时间赛跑，不分日夜地生长和蜕变，展示着多姿的神采，也正因为这样的变化，滨海公园总是在生机盎然地勃发着。

变化不是独自改变，不是名利获取，不是刻意主宰和控制。

变化是主动迎合环境、与环境互动，变化更是淡然、自然和融合。变化甚至没有其他外在的衡量标准，只有内在的和谐和自然，只需时间和自由。如果从这个意义上讲，我们每一个人融合于环境，让自己和周遭和谐，就是变化最好的形态。

## 三

其实，我很喜欢我的工作，可以与创造价值的人打交道，可以与成功的人交流，并且有自己的思考和可以做的事情，可以发表自己的想法和观点，可以和企业一起接受变化，可以陪伴和见证他们的成长和成功，可以发挥一点点作用，同时也有自己的位置和可以做的事情。每一次和企业经营者有了相同的认知和进步的时候，觉得那是最幸福的事情。

世界的本质是变化，而每个生命个体的本质是成长。如果我们可以领会变化的真实含义，那么在变化中成长就会成为我们最适合的生存方式。对于我们而言，理解变化后才会获得真正的自由，不受时间的约束，不受地域的约束。我们唯一需要改变的是：不仅仅为工作活着，而要为和谐活着。但是敢于放下欲望的追求而遵从于自然，又有多少人真的可以做到呢？

我承认自己是怕风险的，所以不断地选择没有风险的路径，和绝大多数人一样，我很在意外在的评价以及生活上的安全，所以一直没有选择太过冒险的事情，几乎每一件事情都是可以完全有把握时才会采取行动，好在我是一个“手比头高”的人，所以所经历的事情结局都还不错。

我喜欢往前想多半步，主动去适应变化。这样的性格也保护了我，因为这样的安排反而让我在比较自然的环境中生存，不是用竞争的方式，而是用变化的方式，了解环境需要的要素，让自己融合在环境中，与他人共生。

## 四

生命本身就是一个不断变化的载体，不管我们愿意不愿意，生命本身按照自己的规律在变化着，一呼一吸之间，很多东西都在变化，没有痕迹，不露声色，但是一切都变了，这就是生命的本质。

生命的活力在于不断地寻求变化，像溪水一样，自由地流进、流出。假如我们可以认识生命而不攀附其他的东西，明白生命只是来来去去而已，生命是无常，我们才真的懂得了生命，也因此拥有了生命。

学会正视变化，适应变化，是个人必须修炼的自我认知课。我庆幸自己可以在一个变化的环境中认识了变化，认识到变化最核心的精髓就是与周遭和谐。达尔文有一段话，我觉得人与变化就是这样的关系："自然界生存下来的，既不是四肢最强壮的，也不是头脑最聪明的，而是有能力适应变化的物种。"

历史的发展，永远是在遵循着一种自然的规律。无论作为个人，还是一个社会结构，我们需要做的，是调整好自己，去寻找规律，适应环境，拥抱变化，拥抱已经到来的未来，那是永恒不变的道理。

世界的本质是变化，而每个生命个体的本质是成长。

## 环境、方法与自我认知

一个目标的实现，需要具备三个条件：
环境、方法、自我认知。

### 一

一次，看到一则寓言，同一个主角，一只幼鹰，因为成长环境和训练方法以及幼鹰的自我认知不同，出现了三种不同的结局。

这则寓言是这样的：

一个农夫在高山之巅的鹰巢里，抓到了一只幼鹰，他把幼鹰带回家，养在鸡笼里。这只幼鹰和鸡一起啄食、嬉闹和休息，它以为自己是一只鸡。

这只鹰渐渐长大，羽翼丰满了，农夫想把它训练成猎鹰，可是由于终日和鸡混在一起，它已经变得和鸡完全一样，根本没有飞的愿望了。

农夫试了各种办法，都毫无效果，最后把它带到山顶上，一把将它扔了出去。这只鹰像块石头似的，直掉下去，慌乱之中它拼命地扑打翅膀，就这样，它终于飞了起来！

第一个结局是：磨炼召唤成功的力量，鹰成为鹰。

一个人在高山之巅的鹰巢里，抓到了一只幼鹰，他把幼鹰带回家，养在鸡笼里。这只幼鹰和鸡一起啄食、嬉闹和休息，它以为自己是一只鸡。

这只鹰渐渐长大，羽翼丰满了，农夫想把它训练成猎鹰，可是由于终日和鸡混在一起，它已经变得和鸡完全一样，根本没有飞的愿望了。

农夫试了各种办法，都毫无效果，最后农夫觉得失望了，决定放弃对这只鹰的期望，由着它整天与鸡混在一起，当作多养了一只鸡而已，结果一只鹰成为了名副其实的鸡！

第二个结局是：农夫放弃了自己最初的理想，鹰成为鸡。

一个人在高山之巅的鹰巢里，抓到了一只幼鹰，他把幼鹰带回家，养在鸡笼里。这只幼鹰和鸡一起啄食、嬉闹和休息，它以为自己是一只鸡。

这只鹰渐渐长大，羽翼丰满了，农夫想把它训练成猎鹰，可是由于终日和鸡混在一起，它已经变得和鸡完全一样，根本没有飞的愿望了。

农夫试了各种办法，都毫无效果，最后把它带到山顶上，一把将它扔了出去。这只鹰像块石头似的，直掉下去，它终于没有飞起来！

第三个结局是：鹰自己放弃了，鹰已经不存在。

## 二

也许我们可以多维度地理解这则故事，一个人的成长会受到环境的影响，你处在什么环境，就容易烙上相应的环境印记，可是你仍然可以超越环境，只要你心中的理想不变，只要你不对环境屈从和低头，只要你能够经受得住考验。

但是，这只是其中一个层面，第二个层面是，当我们设定目标的时候，应该尽可能地考虑环境的因素，在利用环境的同时，必须有能力改变环境带来的负面影响，而且无论环境和条件多么不利，也不能够轻易放弃，因为当你放弃了目标的时候，你就再也不可能实现这个目标。

如果农夫开始就按照鹰的方式来饲养这只小鹰，结果自然是不同，因此，一个目标的实现，需要三个条件：环境、方法、自我认知。不理解环境、不设计环境，就会让目标变成奢望；不寻找合适的方法、不给出解决方案，就会让目标成为空谈；不了解自己，不知道自己的能力和使命，就会让目标变成可笑的梦而最终失去目标。

其实生活和工作中，我们并不缺少目标，缺少的是实现目标的各种方法的训练，缺少的是对于目标深刻的理解，缺少的是对于目标的有效沟通；更缺少的是对自己全面而理性的认知。就像这只鹰，以为自己是一只鸡，以为自己无法震动翅膀，以为这一生的空间都在大地上，而不知道它真正的空间是在天空中，鹰选择了鸡则成为鸡，鹰选择了鹰则成为鹰，全看它怎么选择。

北宋文学家王安石写过一篇散文《伤仲永》，描述这样一个神童的故事：

江西金溪有个叫方仲永的孩子，家中世代以耕田为业。仲永长到五岁时，不曾认识书写工具。忽然有一天仲永哭着索要这些东西。他的父亲对此感到诧异，就去邻居那里把那些东西借来给他。仲永立刻写下了四句，并自己题上自己的名字。这首诗以赡养父母和团结同宗族的人为主旨，给全乡的秀才观赏。从此，指定事物让他作诗，方仲永立刻就能完成，并且诗的文采和道理都有值得欣赏的地方。同县的人们对此都感到非常惊奇，渐渐地都以宾客之礼对待他的父亲，有的人花钱求取仲永的诗。方仲永父亲认为这样有利可图，就每天带领着仲永四处拜访同县的人，不让他学习。

王安石听到这件事很久了。明道年间，王安石跟随先父回到家乡，在舅舅家见到方仲永，他已经十二三岁了。王安石叫他作诗，写出来的诗已经不能与从前的名声相称。又过了七年，王安石从扬州回来，再次到舅舅家去，问起方仲永的情况，回答说："他的才能消失了，和普通人没有什么区别了。"

王安石说：方仲永的通达聪慧，是先天得到的。他的天赋，比一般有才能的人要优秀得多；但最终成为一个平凡的人，是因为他后天所受的教育还没有达到要求。

文题为"伤仲永"，文中却未见一个"伤"字，然而全篇写的正是一个"伤"字。神童方仲永的故事，就像是寓言里一样，缺少后天成长的环境，缺少良好的教育和训练方法，鹰最终变成为鸡。

## 三

管理学中有一个关于员工成长与激励的“期望理论”，说的是“人会活成他所期望的样子”，其实讲的是目标管理、训练方法与自我认知的关系。

对于新生代员工的培养，运用好期望理论，每一个个体都可以成为寓言故事里的“雄鹰”。

组织行为学中很大一块领域在研究个体行为。在个体部分，研究证明，天赋在一个人成长的过程中，占的比重并不是最大的。在个体的所有差异中，后天习得的差异占更大的比重。

为什么天赋差不多，到后天习得差异会这么大？其实根本原因是没有从如何管理自己这个角度去培养自己。

环境、方法与自我认知，这三个要素决定了一个人的潜能发挥的程度，并最终影响了他会成为一个什么样的人。

在生活和工作中，我们并不缺少目标，缺少的是实现目标的各种方法的训练，缺少的是对于目标深刻的理解，缺少的是对于目标的有效沟通；更缺少的是对自己全面而理性的认知。

# 第二篇

## 生活

# 阅读蒙田，是为了生活

“我们最豪迈、最光荣的事业乃是生活得写意。”

——蒙田

## 一

英国作家萨拉·贝克韦尔的《阅读蒙田，是为了生活》，曾经入选《泰晤士报》“100 部你会热爱的传记”。这本书是将蒙田的随笔和作者对蒙田的解读，糅合在一起，回答每个人都会困惑的问题：如何生活。

蒙田是法国十六世纪人文主义思想家、作家，出生于1533年，也就是明朝的嘉靖十二年；逝世于 1592 年，明代的万历二十年。蒙田和四百多年前的莎士比亚、塞万提斯同时代。

为什么要读蒙田呢？我想，有这样两个理由。

第一，我们今天所处的媒体环境，是通过社交来构建的，每个人都在用不同的方式表达自己，比如用朋友圈的一张图片，或者微博上随便写几十个字，或者几十秒的抖音短视频记录生活。所拍所写的都是自己的生活，这是一种典型的自我表达，而蒙田是自我表达的第一人。他开创了随笔这种文体，这种文体的特点就是想到哪写到哪。

第二，人们在生活中会遇到各种问题，他们去读蒙田，试图寻找答案，却发现，蒙田也曾向两千多年前古希腊的哲学家寻找答案，这就是所谓的“心灵之链”。它不是学术传统，而是所有对自己生活感到困惑的人，向前人追问类似的问题。原来我们的困惑从古至今都存在，古人们曾试着用他们的方式解决这些困惑。

蒙田有一句名言家喻户晓，那就是“我们最豪迈、最光荣的事业乃是生活得写意”。他在书中多次提到，我们最重要的事情就是要活得舒服。他这一辈子活得的确很舒服，他拥有庄园、城堡及财产，能进能退。进，能做公务员，甚至做市长；退，能在家写作，书还卖得不错。那我们这些没有庄园、没有那么多财产的人，该如何生活得舒服一些呢？

## 二

蒙田生在一个富贵人家，年轻时学法律，后来做公务员，同时还是一个葡萄庄园的主人。他 24 岁时成为法律专业人士，37 岁退休，39 岁时开始在家写随笔。48 岁时，他当选法国波尔多市长，任职两任，为期四年。52 岁卸任后，他继续在家写随笔，直到 59 岁因扁桃体发炎不幸去世。

在那个医疗条件很差的时代，瘟疫、战乱和宗教屠杀使得人们随时都可能死掉。所以，人们的平均寿命是 40 岁，而蒙田活到接近 60 岁，在当时来说，算是长寿的。虽然他生活在乱世中，但在他的作品里，并没有记录下他如何看待宗教派别之间的纷争，他和法国国王亨利三世的交情，以及他如何领导波尔多人民对抗瘟疫这些大事，他写的就是自己那点儿小心思。蒙田之所以开始写作，很大一个原因就是他忽然意识到，自己也是会死的。用精神分析的观点来看，一个人写作，或者从事别的艺术创作，就是要对抗死亡，表明自己曾经活过。对蒙田来说，他看到的那些国家大事未必能进入自己的作品，反而是自己的生命印记更重要。

蒙田 32 岁结婚，在当时来说，属于晚婚。后世的研究者注意到，蒙田的随笔题目大多是这样的："论友谊""论残忍""论马车""论注意力"，但就是没有"论爱情""论婚姻"，由此判断，爱情和婚姻，在蒙田的人生中并没有占据特别重要的位置。

蒙田 30 岁的时候，失去人生中最重要的一个朋友——拉博埃蒂；35 岁的时候，父亲去世，他继承了家产；36 岁的时候，他的弟弟阿诺在打网球的时候，被球击中了头部，意外死亡；蒙田的第一个孩子只活了两个月就夭折了，他的 6 名子女中，只有一个平安活到成年。这一连串丧失亲友之痛，让蒙田对死亡变得更加恐惧。

幸运的是，这种情况并没有持续下去。37 岁那年，蒙田骑马外出，一个仆从骑着一匹快马和他撞到一起，蒙田从马上掉下来，差点儿死掉。这很像是今天的车祸，飞驰的快马相撞，是很严重的事故。蒙田之后在记述这次死亡旅程时，用了"预演"这个词，他认为，在这个过程中，自己的灵魂早已出窍，幸运之神给了他一次完美的机会来接近死亡，而借由这次"预演"，他学到无须恐惧死亡，而是“直面死亡”。

遭遇这场事故之后，蒙田萌生了退休的想法，这时候他老婆也怀孕了，随后蒙田就写了辞职信，宣布退休了。用现在的话说，蒙田遭遇了中年危机，身边亲朋好友一个个的离开，让蒙田决定退休，在家带孩子，没想到第一个孩子出生后两个月就夭折了。

到他 38 岁生日的时候，蒙田在自己的书房里写下一段话：“长久以来，我对法律与公务深感劳累，此后将转入学问女神的拥抱，在免受俗务干扰的平静中，消磨后半生。我要回到家乡，在祖先长眠之地，好好地保有自由、平静和安闲。”

39 岁，蒙田开始写随笔，此后的 20 年里，他没有停止写作和编辑工作。其中有那么几年，他当选波尔多市长，在动乱与瘟疫中结束了自己的任期。他卸任的时候，波尔多遭遇了一场大瘟疫，城中三分之一的人都死了，有人批评蒙田，说他在市长任期内没什么作为，蒙田回应说，值此非常时期，已有太多人好大喜功，引起民怨。他的做法，很像老子所说的无为而治，也很像我们所说的“出世”和“入世”，以出世的心态做入世的事，事了拂身去。而用蒙田自己的话说，叫“把工作做好，但也不要做得太好”，这也是蒙田给出的一条人生智慧。

蒙田卸任市长后，还是隐居在城堡里写作。可以说，他的人生就分成两个阶段，前半生做公务员，后半生当作家。在这前半生与后半生之间，有两三年的转折期，就在这个转折期里，他遭遇人生的打击，父亲和弟弟去世，孩子夭折，他不想再受俗务的干扰，要找到自由、平静和安闲。如何找到？隐居乡下，埋头写作。生命中的一串丧失，让他有了写作的冲动。对蒙田来说，写作具有疗愈的作用，后世的读者，又在他的作品中得到了疗愈。

在蒙田之前，西方作家也写文章讲道理，但很少谈论自己，而蒙田的写作，看起来只有一个主题，那就是谈论自己，记录自己的所思所想。其实，在读蒙田的过程中，我不时会想起两百年前的一本中国书，叫《浮生六记》。《浮生六记》就是江南一个普通的读书人，记述自己的家庭生活，两百年来出过无数版本，每个时代都会有人看《浮生六记》。我们看两百年前一对中国夫妻怎么生活的，看四百年前一个法国作家是怎么生活的，都是为我们今天的生活寻找参照物及它背后的智慧。

## 三

萨拉·贝克韦尔围绕着一个核心问题“如何生活”来讲述蒙田的生平，解读蒙田的随笔。她一共列出了二十条蒙田的人生建议，我从里面选了五条人生智慧，这五条智慧可以在“如何生活”的问题上，给四百年后的你一些答案。

**第一条智慧：存而不论。**

“存而不论”是一句古老的希腊格言，有一点漠不关心的味道，它意味着：“我无法判断人们说的这些事哪些可信，哪些不可信。我无法对大家正在谈论的事明确表示支持或反对。我深入考察过的事物确实有它的道理，但与这些事相反的事物也有道理。两者同样合理，也同样不合理。”

如果放在今天的媒体环境中，我们可以这样理解蒙田的教诲：要对许多事情保持怀疑的态度，不要轻易表态，事实真相可能是复杂的矛盾的，当我们不知道某件事的真相或答案，而这件事没有答案也没那么重要时，就不要钻牛角尖，免得让自己不愉快。

有一位美国的文学教授莱昂内尔·特里林，写过一本书叫《知性乃道德职责》，其中有一句话传播很广。他说："思想总是晚来一步，诚实的糊涂却从不迟到；理解总是稍显滞后，正义而混乱的愤怒却一马当先；想法总是姗姗来迟，幼稚的道德说教却捷足先登。"这句话是几十年前写下的，但用来描述我们现在所处信息时代的混乱，还是非常恰当的。我们太容易陷入争论和表态，如果我们把"存而不论"当成座右铭，可以让我们的心绪更平静。

**第二条人生智慧："在店铺后面保留一个自己的房间"，也可以缩减为"保留一个自己的房间"。**

蒙田继承了父辈的家产，但他对料理家产并不是特别热心。他住在一个大庄园里，庄园里有两座塔楼，他自己占据一座，里面有卧室、书房、小礼拜堂，大多数时间在自己的书房里阅读和写作。他远离家庭生活，是担心有一天会因为失去家庭而痛苦。在他生活的那个年代，杀戮横行、瘟疫肆虐、儿童夭亡，蒙田的确要从心里做好准备。他经历了丧失朋友和亲人的痛苦，所以他强调"自己的房间"，在精神上做一个隐士，给自己留下思考和内省所需要的空间。

我们来读一段蒙田的原文，他写道："我们应该拥有妻子、子女、财富，以及最重要的——健康。但我们不能过于执着于这些事物，以免幸福完全受他们主宰。我们必须在店铺后面保留一个完全属于自己的小房间，使我们可以在这里享有真正的自由，并将其作为主要的隐遁与独处之所。在这里，我们的日常对话只存在于自己的内心，它的内容极为私密，不需要与外界沟通。在这里，我们谈笑风生，仿佛自己没有妻儿，没有家当，也没有仆役随从。一旦真的失去这些事物，我们也不会感到不舍。”

蒙田夫妇生育了六个孩子，但只有一个活到了成年，蒙田自己曾经跟随法国国王亨利三世流亡，也曾进过监狱。所以，他时刻做好丧失一切的准备。在蒙田的文章中，“店铺后面的小房间”这个词语频繁出现。我们可以理解，这是要保留一个独立的精神领地，但如果可能，我们也需要一个物理上的独处空间，它会让你有一种隐遁的感觉。实际上，在我们的白日梦中，经常会出现隐遁的想法，逃离北上广，这就是隐遁。不论这种隐遁能否真的实现，这种想法，这种白日梦就是对我们的一种安慰。

**第三条人生智慧：要去旅行，去看看这个世界。**

蒙田患有肾结石，这在当时是很严重的疾病，没什么好的治疗方法。那时候都说泡温泉可以治肾结石，而瑞士、意大利的温泉据说效果很不错。于是蒙田 47 岁出门远行，去瑞士和意大利旅行，整个行程持续了 17 个月。他年少时就对这个世界充满好奇，想看看建筑、喷泉、古战场和恺撒曾经驻足的地方，他想看看别人是怎么生活的，也借助旅行来了解古代的英雄是怎么生活的，这样可以从狭窄的个人经验中跳脱出来，让自己的头脑更加聪慧。蒙田在旅行中不会起早贪黑地赶路，他总是从容地吃好早餐再上路，吃当地特色的食物，也尽可能和异乡人打交道，他在罗马拜会了教皇，也在威尼斯拜访了有名的娼妓。他说，旅行应该是平常生活乐趣的延续，旅行应该像在天堂中打滚一样，不用制定特别详细的规划，只要路线不重复，每天能看到新鲜事物就好。

后世的一位丹麦哲学家索伦·克尔凯郭尔说："旅行其实就是逃避日常生活的绝望。"我们每天重复的生活，年复一年地重复下去，是很容易让人绝望的，为了避免绝望，我们有必要每年出去旅行一两次，看看异乡人是怎么生活的，看到不同的环境，听到另一种语言，吃到另一种不同的食物，视觉、听觉和味觉都能得到新鲜的体验，这种感官上的刺激能重新唤起我们对生活的热情。

**第四条生活智慧：多读书，然后忘掉你读的那些东西，把自己变得笨一点儿。**

这有点儿像我们常说的"好读书，不求甚解"。蒙田的父亲曾经说，学什么东西都应该自由和舒缓，不要过于拘束严谨。蒙田自幼就有阅读的爱好，他读经典作品，也读消遣性的作品。在成年之后，他的兴趣集中在历史及传记作品上，在真实的人生故事中，能看到人性复杂的一面，人的性格是以千奇百怪的方式组合而成，人无时无刻不面临着各种威胁。蒙田读书，但他并不是一个学者，不打算钻研书本，他是凭借自己的兴趣阅读，他说自己懒散，健忘，有些迟钝。其实，这很像一句中国成语，大智若愚。在蒙田生活的时代，宗教派别之间的争端非常激烈，生活中有一种过度狂热的气氛，而蒙田所说的迟钝、缓慢，实际上是一种绝妙的平衡。迟钝和缓慢可以培养稳健节制的精神，保证自己不受过度狂热的情绪影响。

蒙田虽然是一个法国人，但身上有很多英格兰人的特征。他不以哲学家、学者、才子自居，总是把脑子里的念头坦率地说出来；他喜欢细节，不太喜欢抽象地思辨；他对学者不太信任，看重稳健、舒适，追求个人空间的私密性，不喜欢空泛地谈论真理、宇宙、存在，文章中有许多诙谐之处。蒙田当然有自己的生活哲学，这种生活哲学的信条就是偶尔探究一下哲学就好了，别完全地沉浸在书本中，生活中的事比书本更有趣。

**第五条生活智慧：与人自在地相处。**

蒙田主张在店铺后面保留一个自己的房间，凡事存疑，不与人争辩，愚笨迟钝一点儿，那蒙田是不是一个内向孤僻的人呢？不是，他非常喜欢和人交谈，认为交谈比阅读还有意思，他最喜欢的就是朋友之间敏锐机智地聊天，插科打诨，嬉笑怒骂。他喜欢听到和自己意见相反的看法，认为这样可以展开讨论、促进思考。他说，放松、和蔼可亲，这是有用的才能，也是让自己好好生活的关键，要有人情味，要善于交际。

哲学家尼采，绝不是一个善于交际的人，但尼采也认为，善意是一种很了不起的智慧，善意就是人与人互动时表现出来的友善，眼神流露出来，微笑，握手，一举一动都显得和蔼可亲，这是人性的持续展现。当然，要与人自在友善地相处，的确是件耗费精力的事，蒙田在自己的庄园里时常安排聚会、打猎、安排杂耍艺人进行表演，要想交朋友，也就免不了应酬。

## 四

蒙田是四百多年前的一位法国作家，他是西方第一个写自己寻常生活的作家，他把道德哲学和普通人的私人生活联系起来。我们今天阅读蒙田，实际上是在探寻自己的心灵之链，把自己生活中的困惑，和前辈作家的经验连接起来。

蒙田生于乱世之中，但蒙田一直生活得比较安逸。他在随笔中记录的是自己内心的波澜。面对一连串亲友的离去，蒙田面对死亡也有强烈的不安全感。正是因为这些，蒙田才会动笔写作。

蒙田说，我们最豪迈、最光荣的事业乃是生活得写意。在他的随笔中，他给出的一些生活建议，比如直面死亡；多读书，然后忘掉你读的东西；存而不论，不要太急于表态和争论；自在地与人相处，应酬时全心全意做好，但在店铺后面保留一个自己的房间；如果有时间，去看看这个世界；多读书，但并不一定是做学问；与人为善，与人自在地相处。蒙田四百年前说的这些建议，在今天依然有效。

如果有时间，去看看这个世界；多读书，但并不一定是做学问；与人为善，与人自在地相处。

## 浮生若梦，为欢几何

“夫天地者，万物之逆旅也；光阴者，百代之过客也。而浮生若梦，为欢几何？”

——李白

人生就像一场梦，而真正快乐的时光往往来自最真挚的情感。

我们从《阅读蒙田，是为了生活》一书中，看到四百年前一个法国作家是如何生活的，现在我们再来读一部中国古典文学作品《浮生六记》。本书的作者是江南一个普通的读书人，在书中，他记录了家庭生活中的一花一草，以及生命中所看到的一颦一笑。

### 一

《浮生六记》是清朝苏州人沈复的自传体散文，本书已经流传了二百余年，可以说影响了几代人。这本书只有四万字，讲述的是作者沈复和妻子陈芸平凡而又充满情趣的居家生活，以及后来二人飘零他乡、最终天人两隔的悲苦命运。

沈复，在历史上默默无闻，存世的也仅有《浮生六记》这一部著作。他生于乾隆年间，从小酷好诗书丹青，但由于他出身于幕僚家庭，因而一生都未参加科举，只得于姑苏古城内酿酒为生。

就当时民间风气而言，沈复习幕不成，经商无望，终生布衣，一生可谓是碌碌无为。即便如此，他却以一部随意点染的闲书《浮生六记》，被人顶礼膜拜，拥有了万千的“浮”迷。

妻子陈芸也只是略通文墨的女性，既不是出身名门的大家闺秀，也不是社会名媛，一生命运坎坷，四十岁就去世了。她去世之后，沈复为缅怀往日时光，因而写作《浮生六记》，回忆自己一生，记述夫妻感情和生活经历。他把自己的一生分了六个部分，这正是书名“浮生六记”的由来。

“浮生”，应就是指沈复浮荡不定如浮萍般的人生。他的前半生，与芸娘在一起的时光虽短暂，但很快乐、美好，但相比较他后半生的坎坷游历，那些欢乐的时光便如梦境一样虚幻缥缈，昙花一现。浮生若梦，为欢几何？

## 二

从《闺房记乐》中能看到的，不仅是陈芸温柔聪慧的性格以及她与作者沈复之间从少年时代就建立起来的深厚感情，同时我们也能从中窥见爱情最美好的模样。

诗经第一篇说道：“关关雎鸠，在河之洲，窈窕淑女，君子好逑。”沈复说，《诗经》第一篇《关雎》就是写男女互相倾慕之情，所以他把记述夫妻情事的《闺房记乐》放在开篇第一记。开篇写男欢女爱，在众多作品中，都显得另类和特别。但这并非是为了别出心裁，而是出于对妻子深沉的爱。陈芸是沈复舅舅的女儿，是沈复的表妹。二人自幼相识。沈复稍懂人事，十三岁时，心中便充满对陈芸的喜爱之情，于是对母亲说非她不娶。于是，这门亲事就这样定了下来。

最美的爱情莫过于彼此相互吸引、相互欣赏，“削肩长项，瘦不露骨，眉弯目秀，顾盼神飞，惟两齿微露”，这是沈复对陈芸的印象，尤其是在一次婚礼上，沈复见到陈芸，当时满屋子宾客都衣着鲜亮，只有陈芸穿着素雅，只一双自己做的绣鞋夺人耳目，鞋面刺绣非常精巧，独具的慧心深深吸引了沈复。

但最吸引沈复的还是陈芸的才情与聪慧。陈芸牙牙学语时，家人把白居易那首六百多字的长诗《琵琶行》教给她，她竟能够背诵下来，等年龄稍长，她见到一册《琵琶行》，依靠幼年的背诵，一个字一个字地按照读音辨认，于是不仅识了字，还渐渐懂得了吟咏诗句。

于是，两人十三岁订婚，十八岁成婚，至此便是一生。要知道，在当时男尊女卑的思想盛行，婚姻多有不平。然而在他们的爱情中，我们却能读到洋溢纸面上的尊重与吸引，我为你的才情而倾慕，你却随我踏上岁月的轨道。也许，爱情便是如此，一眼定情相濡以沫，以彼此的一份尊重拼凑成这幅美满一生的拼图。

难怪，在对过去的追忆之中，沈复带着伤感的语调几次提到陈芸已经去世，曾经的神仙眷侣，如今却天人两隔，作者的感伤和怀念之情尽管清淡，却让人感同身受，令人动容。

## 三

爱情之美，在于未来的路上彼此并肩前行，我们相互成长却又相互依赖，进而在彼此的身上找到更好的自己，充实人生的色彩。

嫁进沈家后，陈芸对公婆十分恭敬，与其他人则以和悦温柔相处，为人处事，井然分明。每天早上，阳光爬上窗子，陈芸就起来。她说，这样做是怕其他人说新娘子懒惰，沈复虽然喜欢睡懒觉，但是很赞赏她这样的做法，于是也跟着早起，改掉了贪睡的习惯。夫妻二人入住新居，沈复给陈芸的屋子起名“宾香阁”，陈芸的芸是一种香草，应了阁名的香字，而“宾”字，则是相敬如宾的意思。用沈复的话来说，二人“耳鬓厮磨，亲同形影，爱恋之情有不可以言语形容者。”夫妻二人，情感弥坚，沈复刻了两方图章，上面的字样是“愿生生世世为夫妻”，以记录夫妻二人心心相印、相知相爱的感情。这便是二人青梅竹马的相识故事。在婚后的生活里，二人不但情投意合，更是谈诗论赋，说古论今，构筑起自己的精神家园。

新婚后不久的一天，沈复凌晨归来，发现陈芸仍在蜡烛灯火下读书。陈芸说道：“刚才正准备睡，在书柜内看到这本《西厢记》。以前只听说这本书的大名，今天读了，才觉得真是好。”又值新婚，二人谈笑嬉戏，沈复形容，“恍若密友重逢”。从此开始，二人成了谈诗论文的良师益友。陈芸虽然出身平凡，但是却有不俗的品位，不仅能够跟丈夫吟诗作赋，还能锦上添花，而那些美丽的花，在夫妻二人相互体贴和彼此照应的生活中，显得尤其迷人。

夫妻二人情深意笃，除了生活上相互扶持帮助之外，还具有彼此相互影响的审美情趣。用现在的话说，就是在彼此的生活中寻找同样的生活美学，让生活变得我中有你，你中有我。这一点非常可贵。

## 四

如果说，单纯的美好不过是爱情中的一部分，那第三卷《坎坷记愁》便是他们在面对无常世事和生活艰辛的写照。这本书之所以能被世人推崇，也许是因为书中描述的坎坷与无奈，让读到它的人们也深深地产生了共鸣。

在沈复的家庭中，父亲是一家之长和主要的经济来源，在家中自然占据主导地位。沈复和妻子陈芸在家庭中作为从属，加上他们不流于一般世俗的个性，追求精神生活，难免为一般人所不能理解，并最终容易引起矛盾，愈演愈烈。

当时，陈芸身体状况不好，加上她和沈复所遭受的冷眼，身体更不如以前。此时屋漏偏逢连夜雨，陈芸的娘家也出现了重大变故，先是家中仅有的弟弟外出时失踪，母亲又因为思念儿子积郁成疾去世。家人尽失，陈芸悲痛过度，身体大出血的病症又加重了。

危难时分，陈芸一位嫁到无锡的结拜姐妹听说她病重，便邀请夫妻二人去乡间小住调养。但在此之前，沈复的一个朋友向别人借钱，请沈复做了担保人。但是后来这个人携款逃之夭夭，搞得债主天天跑到沈家门外催债。这天，为了避开债主的纠缠，夫妻二人决定赶早偷偷出行。当时已经临近春节，当夜，他们先让人把行李挑送到船上，到了五鼓，也就是将近凌晨四点，热了粥大家吃了。儿子逢森听到声音，醒来问道：母亲这是去干什么？陈芸骗他说，只是出门看病。

因为躲避邻居和逼债人，所以扶着老仆，深夜从后门离开。刚一出门，儿子逢森忽然大哭道："母亲，你不回来了吗？"女儿青君唯恐惊动了逼债人和邻居，赶忙捂住弟弟的嘴安慰他。沈复悲痛地写道："当是时，余二人寸肠已断，不能复作一语。"夫妻二人心中悲痛不已，却不能说出一句话，只能互相劝慰。身体虚弱至极的陈芸走出巷子十多步，就已经走不动了。沈复背着陈芸，老仆人在前面提着灯笼，一行人狼狈上船。船开之后，陈芸终于忍不住放声痛哭。

沈复和陈芸到无锡时，是腊月二十六日的凌晨，离除夕只剩几天了。不过幸运的是，当他们到了无锡锡山，得到了陈芸那位结拜姐妹很好的照应。尽管有了依靠，夫妻二人并没有觉得有了依靠就疏于生计。元宵节后，二人就商议起未来的打算。陈芸说："你的姐夫现在在靖江当会计，十年前他曾向你借过一些钱，当时为了凑数，我还把钗子典当了呢。听说靖江离这里不远，你可以去一趟。"

一年多后，陈芸到扬州刚与丈夫团聚，结果沈复工作的地方却突然裁员，沈复被辞，一下子失去了经济来源。虽然失去了生活依靠，妻子陈芸不但没有一句怨言，反而不断安慰他，花尽心思为丈夫谋划。夫妻二人挨到春天，陈芸的血疾之症突然大发，沈复再次前往靖江求助亲友。为了让妻子宽心，他谎称自己是骑着驴子回家，其实一路风餐露宿，最后借钱才回到家中。

然而，一切都于事无补。陈芸的病情越来越重，1803 年 3 月 30 日，陈芸躺在病榻上，对着丈夫追忆了二人此生生活，交代完后事，便与世长辞，这一年陈芸只有四十一岁。

沈复在书中感慨道："恩爱夫妻不到头。"但这何尝又不是一种缺陷美？夫妻同在，相濡以沫；死别过后，余生缅怀，相比起这世间无数貌合神离的红男绿女，沈复与陈芸的爱情，难道不正是彼此间最美好的存在吗？

## 五

如果说，爱情是两个人之间的一份牵连，那么它最美好的模样就在于彼此相互依赖却又独立。

在婚前，二人都有着各自不同的生活轨迹，都是一个独特的个体，而当两个人结婚之后，沈复并没有要妻子完全按照他的生活方式生活，更没有让妻子按照父母的生活方式改变自己，甚至在妻子遭到父母误解的时候，他也是和妻子共同面对，而且未曾有一句怨言。这在当时的社会，是十分难能可贵的。

陈芸嫁到沈家之后，并没有像那个时代的很多女性那样，完全融入大家庭的生活之中。她坚持着那些并没有多少现实价值的爱好，比如诗词和其他闲情逸趣，而且在丈夫的影响下，在生活中表现出优异的品位和鉴赏力，充满了浪漫情怀，同时又具有比丈夫更务实，更接地气的性格，是沈复生活中不可或缺的助益者，也是情感上的伴侣和精神上的伙伴。

《浮生六记》就像是混沌世界中的一股清流，它不与外世纷争，记录方式淳朴，故事本身耐人寻味。沈复的经历是很多年轻人所向往的生活，然而现实生活是人类梦想的最大敌人，渺小的人类只有抵抗，却不容易战胜现实。他们的梦想如同大多数人一样，破灭殆尽，但是沈复和陈芸夫妻二人，从陌生到相知，因为对文艺的热爱而走到了一起。结婚之后，夫妻二人共同进退，相互理解，成为举案齐眉、琴瑟和鸣的模范夫妻，让人传颂了两百多年。

这才是爱情真正美好的模样，无论任何事情都不能将两人分离。这种生活在现如今都很难找到了，真正的浪漫就应该像他们这样的，也只有这本书，才能真正体现夫妻之情。

人生就像一场梦，而真正快乐的时光往往来自最真挚的情感。

## 热爱生活

“世界上只有一种真正的英雄主义，就是认清了生活的真相后，还依然热爱它。”

——罗曼·罗兰

美国作家梭罗在《瓦尔登湖》中说：“不管你的生活是多么卑微，你还得面对它，继续生活，而不要逃避，更不要诅咒它。”

生活，是每一个生命个体需要去面对的课题。无论是事业卓越的领袖人物，还是简单生活的平凡人，都要去回答如何生活的问题。

梭罗建议我们要勇敢地去面对生活，而罗曼·罗兰说：“世界上只有一种真正的英雄主义，就是认清了生活的真相后，还依然热爱它。”

热爱，是一种用心生活的态度，珍惜当下所拥有的一切，永远不放弃对美好生活的追求，认认真真过好每一天，让日子最大限度地有趣起来。

一

2019 年 8 月，缘起一个扶贫公益项目，我们一行人去到位于四川大凉山的昭觉县。昭觉县是彝族自治州的一个下辖县，大凉山被称为“中国贫穷的样本”，而昭觉县是代表性的贫困县。

我们到达目的地久铁洛古乡，它隐藏在大山深处，这里崇山峻岭、云雾茫茫，也许这就是所谓的“只在此山中，云深不知处”，几乎快要被世人所遗忘。

由于处在高海拔地区，交通闭塞，物资匮乏，村民的家庭经济状况差，生活条件十分艰苦。

我们在久铁洛古乡考察的时候，遇到一对彝族兄妹，哥哥看上去 10 岁左右，身上衣服破旧还带着很多泥土，天气冰冷他们赤脚穿着凉鞋，身上背着背篓准备上山捡柴。

我上前与他们打招呼，问他们是否要上学，哥哥听懂我说的话，但他不怎么会讲普通话，只是一直微笑地看着，妹妹在旁边有些羞涩。我把背包里的饼干和巧克力送给他们，他们向我微微鞠躬后继续往大山的方向走去。从他们脸上洋溢的笑容，我感受到他们内心的喜乐和平静。

接着我们参观了久铁洛古乡的中心小学。说是学校，实际上只有两栋破旧不堪的平房，前面是杂草丛生的操场。刚好在上课，我从窗外偷拍了一张照片，灯光昏暗，教室陈旧破烂，却丝毫挡不住孩子们的热情，他们充满朝气的朗读声，是山谷里最美的交响曲。

晚饭，企业家朋友们亲自下厨，十余道大菜，荤素搭配，十分美味。学校里的孩子们一起过来用餐，他们很开心地说没吃过这么好吃的菜，好奇地问每道菜的名字；村主任备好了当地的酒，大家几杯畅饮，原本寂静的大山里，欢声笑语。孩子们开始围着柴火，手牵着手，唱着歌，跳起彝族的舞蹈……那一刻，我才理解什么是简单的快乐。

夜晚，我们睡在学校的学生宿舍里，每个人一个睡袋，8个人睡一间，条件十分简陋，但那一个夜晚，记忆深刻……

第二天早上临走时，我们见到了阿说色子，他是基金会几年前资助的大学生，也是村里唯一的大学生。刚从西南医科大学中药学专业毕业，阿说色子选择回到凉山彝族自治州第二人民医院制剂室工作。他说，凉山的医疗卫生条件落后，他选择回到家乡，治病救人是他工作的意义所在。阿说色子见到我们很开心，讲了许多他大学这几年的成长，感激我们的资助，他相信凉山一定会变得越来越美好。

大凉山之行，让我感触良多。面对大山，仰望蓝天，行走于黄土之上，就是他们的日常。物质上缺衣少食，艰难困苦，却没有影响他们对生活的热爱，对简单幸福的追求。

热爱生活，不需要等待物质上的富有，而是在艰难困苦中依然保持乐观的态度。

## 二

每个人的生活，都会遭遇大大小小的坎坷，关键是用怎样的心态去面对这些生命中的挑战。

杨绛先生曾说：“人生实苦。生活从来都不容易，没有人能一直顺遂无忧。”

在杨绛105年的生命中，人生跌宕起伏，除了生活、工作上的磨砺，她也经历着最为悲怆的生离死别，女儿阿媛先离开，丈夫钱钟书随后也离她而去，温暖的“我们仨”变成了孤独的一个人，悲痛是必然的，但悲痛之余，她始终保持着内心的淡定从容，从来没有放弃对生活的热爱。

2020 年初，一场突如其来的新型冠状疫情席卷全国，一个多月的时间，数千条生命匆匆离去，让无数家庭破碎。

这其中，让人无比悲痛的是湖北电影制片厂常凯导演一家 4 口相继离世的消息。常凯的儿子在英国留学，成为这场灾难的幸存者，但是悲痛却压在他的身上，短短半个月，他失去了 4 位至亲。

常凯在父母离世之后，留下遗书，看完让人倍感痛心！他写道：“奄奄一息之中，广告亲朋好友及远在英伦吾儿：我一生为子尽孝，为父尽责，为夫爱妻，为人尽诚！永别了！我爱的人和爱我的人。”

这是一种无比悲凉的绝望，对于在英国留学的儿子，留给他的除了悲痛，还要独自面对未来的生活。尽管生活对他来说很残酷，但我们依然相信他可以挺过最难的日子，重新获得对生活的信心。

纳粹集中营的幸存者，《活出生活的意义》的作者弗兰克尔说：“生命在任何条件下都有意义，即使是在最为恶劣的情形下。”

所以，看清生活的真相后却依然热爱生活的人，才显得弥足珍贵。记得《最后的棒棒》片尾中说过：“拥有今天还拥有希望，就是最大的幸福。”

无论生活置我们于何地，希望都能怀着满腔热血挑起生活重担。

热爱生活，就是无论我们的处境如何绝望，我们依然要有活下去的勇气。

## 三

生活除了突如其来的意外和痛苦之外，还有许多美好，我们要懂得发现生活中的小美好。

央视《24 小时》栏目曾报道过一个叫栾宁的“灵魂舞者”。栾宁，32 岁，家住北京朝阳区，在一家企业从事市场工作，和很多同在北京打拼的年轻人一样，他也要面临房贷压力，上班要挤地铁，快节奏的生活有时让他感到喘不过气来。

所以，工作之余，他总要试着发现生活中的小美好，给自己减压，也给妻子带来欢乐。于是，当挂上围裙，不论是正在做饭，扫地，还是洗衣服，只要妻子播放音乐，他就即兴起舞。

有一回，栾宁在刷碗，妻子在擦桌子，手机在桌子上放着音乐，栾宁就对妻子喊，我要跳了，我要跳了，快拍快拍。妻子就用手机记录了下来，边拍边笑得前仰后翻。

跳舞就像是栾宁夫妻之间爱情的保鲜剂，不用跳得多好，它是生活中的调剂品。再美味的主食，也需要葱姜蒜，葱姜蒜就是生活中的小美好，可以调剂生活，让你的生活变得更有味道一点。

曾看过一本书，对书中一段话记忆深刻：“生命中最美好的事情都是免费的。真正的幸福不是轰轰烈烈的事，而是懂得发现隐藏在生活中的小美好，过自己想要的生活。”

生活没有小事，所有的小日子，所有的小快乐，都是值得被记录的大事，都是生活最丰盈的馈赠。

小时候，我家住农村，我喜欢种植小花小草，每次都会把阳台装扮得五彩斑斓。我喜欢浇水的感觉，喜欢细细观察花草的变化，这让简单的童年生活充满乐趣。现在生活在深圳，虽然阳台没有小时候那么大，但面朝大海，种种小花小草，依然可以给忙碌的生活减压。

优雅从来不是等来的，而是自己创造的，你不能坐等上天恩赐你完美的一天，而是要在处理日常琐事的过程中寻找内心的平静。

生活总是平凡琐碎，总有难以迈越的坎，不为人知的辛酸。但我们不能等待，应该行动起来，总有些小事让你感到生活的可爱，在一地鸡毛里，也存在着幸福。

热爱生活，不是坐等暴风雨过去，而是在风雨中跳舞。

## 四

电影《小花的味噌汤》中，身患癌症的妈妈对小花说：“好好做饭才能好好吃饭，好好吃饭才能好好活着。”

每一天，小花都站在凳子上，在妈妈的教导下，择菜，洗菜，调料，做成味噌汤。这是妈妈留给丈夫、留给小花最宝贵的遗产：认真生活，不敷衍生活，热爱生活。

《深夜食堂》里的那位大叔，总是不紧不慢地做着一道又一道饭菜，多年以来，像一位布道者，用美味犒劳、温暖着深夜归来的行人。

一蔬一菜，蒸调烹煮，看似平凡，但就是这一点点，构成了我们整个人生。一个能够专心煮菜做饭的人，一定是一个内心平和、热爱生活的人。

当你回到家，走进厨房，洗菜、切菜，红辣椒，绿青菜，细长的土豆丝，圆滑的黄瓜片，做成一桌精美的菜肴，生活中的那些不如意，早在一翻一炒间烟消云散了。

现代生活快得像转陀螺，我们都在苛求“精简”，同时越来越怕麻烦，甚至连吃，都开始想要快速起来。

尼采说：“每一个不曾起舞的日子，都是对生命的辜负。”

在每一个平凡的日子里，都要认真对待，活出精彩，如此才对得起生活对我们的热爱。

其实生活中到处都是美好，一风一雨，一花一叶，清晨6点的阳光，街角的包子铺的肉香，电线杆上错综复杂的线，只要对生活充满好奇，就能够发现生活的乐趣，以自己的方式，热爱着生活。

愿你用心感受生活，热爱生活，热爱这个大千世界，熙攘人间，活成自己期望的样子。

面对大山，仰望蓝天，行走于黄土之上，就是他们的日常。物质上缺衣少食，艰难困苦，却没有影响他们对生活的热爱，对简单幸福的追求。

生活中到处都是美好，一风一雨，一花一叶，凌晨六点的阳光，街角的包子铺的肉香，电线杆上错综复杂的线，只要对生活充满好奇，就能够发现生活的乐趣，以自己的方式，热爱着生活。

## 学会与父母和解，是我们一生的修行

父母的过往，是我们来时的路。

### 一

2020 年的春节，一场新型肺炎疫情全国肆虐，徐峥的贺岁档电影《囧妈》撤档，改成线上免费放映。

全国人民被迫“宅”在家中，我静静地看完《囧妈》，全程好几次止不住眼泪，原本以为是生活喜剧片，看完才知道这是一部讲述母爱的亲情片。

“你上一次拥抱妈妈，是什么时候？”

电影开场的一句台词，竟引发我的反思，记忆中自从我长大后就没有拥抱过妈妈。

父母是我们生命的来处。在我们小时候，他们是如大山般的依靠。

可是，不知从何时起，一路引领我们成长的人，却也成了我们厌烦、试图挣脱的枷锁？

徐峥曾笑言：“我和妈妈没法待在一起超过三天，三天以后必定会吵翻了。” 这也是他创作《囧妈》的灵感来源。

这部电影讲述一个事业有成的中年男人徐伊万，在阴差阳错下，和母亲一同坐上开往莫斯科的火车，共度六天六夜。一路上，接受来自妈妈事无巨细的关心和绵延不绝的唠叨。漫长的旅程里，两个人要在狭小封闭的空间里共处，他不得不面对母亲无时无刻的控制，但都是以“为你好”为理由，让人无法拒绝，二人之间的矛盾也就集中爆发了。

像作家三毛所描述的那样，她妈妈常常在家里走过来突然就塞一大把维生素到她嘴里，差点没把她噎死，然后心安理得地走开。这个场景，和《囧妈》中母亲一直用各种强迫方式喂伊万吃小西红柿的画面如此相似。伊万同样深恶痛绝，后来他一怒之下，把母亲辛辛苦苦带上火车的小西红柿，一股脑儿丢到了冰天雪地的西伯利亚草原中。

经历无数次的冲突和磨合。片中，爆发的伊万和母亲大吵一架，母亲径直下了火车玩失踪，他放不下，立刻追上去，结果两人一起在极寒雪地里遭遇到了未知的凶险，在生死攸关时，彼此终于有了和解的机会。

最后，母亲在莫斯科红星大剧院完成演出梦想的一幕深深地打动了徐伊万。错过年轻时的那场演出，当再次历经千山万水赶到剧场才发现剧院已经闭幕了，很可能是一生中最后的一次出演，那一刻她那复杂的心理通过面部的细微表情全部表达了出来，而主动的清唱，从眼神和选曲，加上她回忆已逝丈夫的往事，能感受到她对丈夫的不舍。

## 二

小时候我们总说，等我长大了保护你；可是真的长大了，却是想尽快逃离。

我们和父母的相处模式，从依赖依恋变成了排斥；明明关心，却又想逃离；彼此心疼，却经常无意间相互伤害。直到多年以后，我们年岁渐长，才慢慢读懂父母那过度甚至是越界的爱，只是想着：能陪着孩子，再多走一段路。

作家朱自清在提及父亲时说："他待我渐渐不同往日。但最近两年的不见，他终于忘却我的不好，只是惦记着我，惦记着我的儿子。"

是的，终其一生，我们都在等待着与父母和解的一刻。

朱自清的代表作品《背影》中，讲述了他跟父亲和解的一刻。在此之前，朱自清与父亲的关系一直都水火不容。

1920年，朱自清北大毕业，由于当时父亲已经失业"赋闲"在家，因而朱自清理所当然地承担起了家庭的重担。但无奈的是，在父亲眼中，朱自清仍然是那个不谙世事的小男孩，即使朱自清已经成家立业也好，父亲也总爱干涉他的事情。

尤其是在朱自清担任教务主任的那些年，父亲凭借着与校长的私交，不问缘由地直接拿走了他当月的全部工资，这让朱自清与父亲的关系彻底破裂，毅然离开学校远走宁波，两年未曾回家。

也许，父与子之间永远都会有那么一层无形的隔膜，它随着孩子的成长与父母的老去越发深厚，最终将原本亲密无间的两人分隔。就连如朱自清一般的人也曾因父子关系所烦忧，更何况是如你我一般的普通人？长大以后，与父母的争执仿佛不知不觉变得频繁了起来，而相互谅解的那一刻又仿佛迟迟未到。

不过，不管如何也好，父母儿子之间始终牵连着一份血浓于水的情愫，终此一生无法褪去。

实际上，朱自清父子两人虽然互不理睬，然而心里却是一直惦念着对方，但又都碍于面子不愿低头。最后，朱自清的父亲只能以惦记孙子的名字，与朱自清开始书信往来。

几年后，朱自清接到多年未见的父亲寄来的信件时，信中寥寥数字让朱自清不禁悲从中来："我……举箸提笔，诸多不便，大约大去之期不远矣。"时不我待，朱自清难掩悲痛，于是回忆起过去与父亲离别的情景，写下了这篇《背影》。

当父亲拿到这本《背影》散文集时，他缓缓挪到窗边，戴着老花镜一字一句地默读着这篇《背影》，不经意间早已老泪纵横。

这一刻，朱自清与父亲的芥蒂方才完全解开，父子两人才算是完成了和解。

不得不说，朱自清父子俩是幸运的，这世间，多少做儿女的，往往自己已是三四十岁的人了，跟父母无法沟通；虽然心中有爱，但是爱，冻结在经年累月的沉默里，好像藏着一个疼痛的伤口，没有纱布可绑。

## 三

曾几何时，我也是一个“叛逆”青年，我不屑父母给我做人生规划。

高考那一年，我选择“逃离”，跑得远远的，就是希望能“自我独立”。记得当我慢慢长大的时候，我无法接受父母的许多想法，我竭尽全力地想突破与逃离。

裂痕越来越深。在我上大学到工作，大概接近十年的时间里，我几乎没有真正与父母沟通过，甚至有超过半年时间没有给父母打过电话。现在想来，那时的自己是多么的冷漠与残忍，而他们又是怎样的伤心与绝望。

后来，我有了孩子，当了父亲。这种角色的转换，让我恍然大悟。

人到中年，突然感悟道：“正是父母那些陈旧的观念，支撑他们度过苦难的岁月，将我们养大。”我们与父母的代沟，是时代的差异和岁月的定型。若我们尝试着回到父母的童年，看着他们是如何从孩童长成大人，就会明白他们的局限源于他们的生长环境。

我们早晚都会走上父母曾经走过的路，扮演他们曾经在我们生命当中充当过的重要角色。父母的过往，是我们来时的路。当我们真正尝试去理解父母的时候，我们对父母，也就有了体谅和心疼。

60 多岁的李宗盛，用一首《新写的旧歌》与离世多年的父亲讲和。

“到临老，才想到要反省父子关系。说真的，其实在回答自己，敷衍了半生的命题。等到好像终于活明白，已来不及。他不等你，已来不及。他等过你，已来不及。”

时光如流水，静默无声，而这正是它最残忍之处。我们和父母，随波逐流，走到了岁月的两岸。这世上最爱我们的两个人，会早于我们走下人生的列车。

那些未竟的遗憾，会一刀一刀刻进我们往后的生命里。让我们放下手机，紧紧地拥抱他们吧。这不是对父母悲悯和宽容，而是让我们自己未来少一点后悔和失落。毕竟，那些逼过的婚、白过的眼、吵过的架、相互撂下的狠话，最后都会烟消云散。

所以，学会和父母和解，是我们一生的修行。

我们早晚都会走上父母曾经走过的路，扮演他们曾经在我们生命当中充当过的重要角色。父母的过往，是我们来时的路。当我们真正尝试去理解父母的时候，我们对父母，也就有了体谅和心疼。

## 写给儿子的信

**致我最爱的一宸：**

2017 年 6 月 15 日，你就像小天使般降临，我一直认为你是上帝赐予我们家的礼物，最好的礼物。

你的到来让爷爷奶奶无比欣喜，在你出生的那一年，爷爷奶奶都快 70 岁了，他们盼啊盼啊，盼了好多年，才把你盼到。

因为你的到来，爷爷奶奶离开他们生活了快 70 年的家乡，来到深圳。一开始他们很不习惯，但好在你的“闹腾”，让两个老人忙得不亦乐乎，他们常常一边抱怨，一边偷着乐。

你的到来，让爷爷奶奶仿佛一下子年轻了许多，奶奶原本身体不好，三天两头要去看病。神奇的是，你的到来，她身体好了起来，各种抱恙一下都没了。

爸爸工作很忙，时常不在家，你是爷爷奶奶带着长起来的。而你长得很快，真是“一天一个样”，爸爸每次出差回来，都能感觉你又不一样了，这是多么神奇的力量。

奶奶时常絮叨，说怕等不到你成家立业的那一天，她有时说着说着眼角就泛起了泪花。你别嫌弃奶奶唠叨，她是真的很爱你，她想看着你长大、上学、工作，成家立业，她也想活得更久，可以看到你的一切一切……

你喜欢在奶奶的怀抱里撒娇，她是你最好的港湾。有时你做“坏事”的时候，爷爷会表现得很凶，而每次你都会躲在奶奶的怀里，因为那是你感觉最安全的地方，奶奶可以包容你的一切。

在你两岁多的时候，爷爷开着电动车，载着你和奶奶出门。因为你的“闹腾”，奶奶抱着你从电动车上摔下来，为了保护你，她紧紧地搂住你，结果是自己手摔断了，额头撞到地上，流了很多血，还去医院缝了好几针，而你只是受了一点点皮外伤。你后来看到奶奶受伤的样子，就一头扑在她怀里，拼命地哭，哭得好伤心。

奶奶说，为了保护你，她可以做出任何牺牲。

爷爷奶奶教你说话，还是十分标准的潮州话，有许多土语，是我童年成长的记忆。慢慢的，你会讲家乡话，开始是一个字一个字地蹦出来，然后会用词语，最后会串成一句话，你有很强的语言天赋，潮州话很快讲得非常“地道”。每次你出门和小区的小朋友交流，你都用潮州话，每次他们都是“一头雾水”，但是最后你都和他们打成一片，还常常要到你喜欢的玩具。

那年春节，爷爷奶奶第一次带你回到家乡饶平县大澳村，那是一个古朴的渔村，也是爸爸出生和成长的地方，那里有着浓浓的乡情。

你的到来，是村里的一大喜事。乡邻和亲戚朋友奔走相告，纷纷来家里看你，他们带着各种鱼虾蟹和各家水产，堆得家里的厨房都放不下，足足可以吃上一个月。见到你圆溜溜的大眼睛，都夸你长得机灵，而你第一次见到这么多陌生的脸孔，你愈发睁大眼睛地观察着他们，你很好奇周边的一切。

很快，你熟悉了家乡的一切，与邻家的小孩玩耍起来，还像巡视员一样，挨家挨户窜进邻居家，去“体察民情”，而乡邻总是会非常热情地以“茶礼”招待你，于是，你两岁多就开始学会喝潮汕工夫茶。

听爷爷讲，你最喜欢做的事是围着邻家的猪圈，然后目不转睛地盯着猪圈里的小猪，还时不时地与猪宝宝打招呼，你叫它们“小猪佩奇”，那是你最喜欢的一部动画片。

第一次带你回家乡，可把爷爷奶奶忙坏了，按照潮汕人的习俗，家里生男孩，要做红桃粿。红桃粿是潮汕的一种美食，是每年拜神必须有的，而家里生了男孩，也要做红桃粿，然后分给乡里同一宗系的亲戚、乡邻以及认识的朋友，一家里有多少口人就要送多少个红桃粿。这一次，爷爷奶奶足足手工制作了两千多个，花了他们不少工夫。

两个月过去了，到了告别家乡，返回深圳的日子。那一天，你有些不舍，拉着玩得好的小朋友的手，迟迟不松开；还跟邻居家的猪宝宝做了告别，“小猪佩奇”还点了点头叫了几声；好多亲戚来送别，小朋友们送你很多玩具，我的整个车装得满满的，在关车门的那一刻，我见你强忍的泪水终于掉了下来，你依恋这里的一切。但终归，我们还是要回到生活的城市。

夏天很快来了，宸宸喜欢站在阳台上，看海，看飞机，数星星。爷爷会抱起你，然后指着大海，告诉宸宸，“这是大海，那是归来的船；远处是山，对面就是香港；在山的另一面，空中飞着的小小的，那是飞机；然后最远的是夜空，那是星星……爷爷奶奶有一天走了，就会变成星星，在天上看着宸宸。”

每次讲到这里，爷爷眼角总是泛着泪花，然后你就一脸茫然地问：“爷爷奶奶为什么会变成星星呢？”

“人死了，就变成星星，给走夜道的人照个亮。”爷爷回答你说。

只有三岁的宸宸，无法理解爷爷讲的话，慢慢地你长大了，再想起爷爷讲的这个神话，你会理解，每一个活过的人，都能给后人的路途上增添那些光亮，也许是一颗巨星，也许是一把火炬，也许只是一支含泪的烛光。

宸宸，你是爷爷奶奶带大的，长大了，你一定要好好孝敬他们，他们把所有的爱给了你，看着你，陪着你一点点地长大。

爸爸写这封信的时候，你还太小，看不懂，但爸爸希望记录下这一段记忆，让你知道，有那么多人在爱着宸宸，当你长大的时候，爸爸希望你用爱去对待这个世界。

每一个活过的人，都能给后人的路途上增添那些光亮，也许是一颗巨星，也许是一把火炬，也许只是一支含泪的烛光。

# 第三篇

## 记录

## 2020 年的春天

*“对未来的真正慷慨，是把一切献给现在。”*

*——加缪*

### 一

科幻作家刘慈欣在《流浪地球》里说：“最初，没有人在意这场灾难，这不过是一场山火，一次旱灾，一个物种的灭绝，一座城市的消失。直到这场灾难和每个人息息相关。”

2020 年的新冠肺炎，最后还是演变成了一场灾难。它与每个人息息相关，让 2020 年的春节长假变得格外漫长。

这次疫情的突然爆发，打乱了每个人的节奏，打乱了社会的节奏，也打乱了全世界的节奏。

然而，一切偶然的背后，都是必然。这是大自然给我们敲的一次警钟，也是整个社会的一次急刹车。

2003 年非典肆虐的时候，我在重灾区北京，那时还是大学生，封闭的校园、害怕与恐惧，让我们有了一段非常刻骨铭心的记忆。时隔 17 年，这一次的新冠肺炎似乎来得更猛烈些，对整个社会生活的影响远远超过了非典。

一位老一辈企业家跟我说，他过去数十年，每年只休息大年初一一天，这次的疫情让他足足休息了一两个月时间，这让他有非常多的感想和思考。他说，“疫情不仅改变了社会，也正在改变你对世界的态度。如果说，灾难已经无法避免，那么，刚过去的这段近乎静止的时间，就是中国人最深刻的一次集体修行。”

人间世事，变化无常。2020年的春节，注定是让我们用来思考的。

我们总是认为还有很多时光可以挥霍，殊不知，在一个突然的清晨，疾病就会带走生命。殊不知，在一个平常的黄昏，病毒就来到了我们身边。平凡的我们，在磨难来临时总是措手不及。

是的，在生死面前，一切都是小事。经历过生死与突如其来的变故，你才能体会生活的真相。当世界安静下来，你才能听得到心跳的声音。

## 二

一个人到底拥有怎样的能力，才能在这个社会立足？

是学习力？是创新力？是社交力？还是赚钱的能力？这个问题，有太多的答案。

但此次疫情给出了，最明显与直白的结果：健康力，才是一个人最大的能力。

换句话说，健康才是一切平淡或跌宕生活的起点。

所谓健康，不仅是指你体格足够棒，还指你心理健康，适应力强，道德健康。

身心健康，你才能不轻易被病毒感染。道德健康，你就会遵守社会规则与秩序，不在这样一场大灾难里被其他人唾弃。你不会想着发国难财，不会轻易出逃，不会隐瞒自己的出行与旅游经历。同时拥有身心健康与道德健康，你才能在所有的风波里安然无恙。

寻常日子里，也许你会有太多通往光鲜或升级版生活的逻辑。但渡尽劫波，你就会发现，强大的健康力，才是最颠扑不破的硬实力。

活着，比什么都重要。

## 三

青年诗人海子在《面朝大海，春暖花开》的诗里说："从明天起，做一个幸福的人，喂马、劈柴，周游世界；从明天起，关心粮食和蔬菜；我有一所房子，面朝大海，春暖花开。从明天起，和每一个亲人通信，告诉他们我的幸福。"

经历过 2020 年的春节，我们对所谓的"幸福"有了不同的理解，对生活和工作有了新的思考。

一位 90 后的创业者告诉我："从来没有哪个时刻，像现在一样，让我感觉此前过得太敷衍。以后我要更加努力，认真工作和生活，要好好珍惜身边的亲人。"

漫长的春节，多少人隔离在家，"禁足"是这个春节的关键词。

而因为这场疫情，我们才有时间陪伴父母、家人，也是难得的机会。

有一天，和一位刚返回深圳的朋友视频聊天。他在贵州老家待了整整 30 天。山区，手机没有信号。我问他："没有网络的日子可怕吗？"他说："恰恰相反。从来没有在家里陪父母这么久，第一次感觉安静真好，和家人待在一起心里无比安定。也从来没有和孩子相处这么长时间，突然发现，除了有时候不写作业，也挺可爱。"

新冠肺炎疫情，当然是一次灾难。但换个角度来看，它何尝又不是给所有人的一个机会：和最亲近的人在一起。灾难和意外都是不速之客，不要等它们到来，才去爱值得爱的人。

深夜的酒，喧嚣与热闹，固然让人血脉偾张，兴奋不已。但只有和家人在一起的清晨，喝着温暖的粥，才是真正的开始与生活。不要过于迷恋深夜的酒，如果可以，请记得起来喝清晨的粥。不要过于留恋熙熙攘攘的世界，忘记了家和亲人。

100 多年前，马克·吐温回首自己的人生，写下这样一段话："时光荏苒，生命短暂，别将时间浪费在争吵、道歉、伤心和责备上。用时间去爱吧，哪怕只有一瞬间，也不要辜负。"

是的，珍惜生活，爱父母和亲人，要在当下。

## 四

我在深圳过年，这座城市，真的很静，没有声音，少有人迹。开始有些不习惯，我从最开始的手足无措，走过了漫长的心迹，回归宁静。

慢慢地，我开始享受着这份宁静，它让我有了更多的时间去思考。就在前不久，每天还要面对着烦琐的尘事，那些看似细微的事情，占据了我大部分的时间。而这段静下来的日子里，我倾听了自己的内心。

法国作家、哲学家加缪在《鼠疫》中说："对未来的真正慷慨，是把一切献给现在。"

我决定利用这段平静的时间，记录过去一年的平凡或是波折，美好或是苦难，完成第三本个人散文集的创作。

这一程的波折，对于我们每个人都是考验。那些冒险为人民服务的医护人员和工作人员，绽放着生命的光芒。那些默默付出的人，带着极大的善意和爱心。人间的病毒与疾苦，终将会被赶走，留下美好的明天。

生命是脆弱的，生命也是坚强的。

窗外的小草，正在春风中等待着呼唤，小鸟在树梢上叽叽喳喳。

季节没有停止，它正从严冬走向春季。

让我们一起在不确定的世界里，安住。

（写于 2020 年 2 月 17 日）

在生死面前，一切都是小事。经历过生死与突如其来的变故，你才能体会生活的真相。当世界安静下来，你才能听得到心跳的声音。

## 珠三角制造业真相

珠三角制造业并没有出现“转移崩溃”的景象，而是一种有节奏的“转型升级”，及供应链网络向海外的进一步“溢出”。

## 一

近年来，中国制造业的发展成为热门话题，它是中国经济的方向标，是立国之本、兴国之器、强国之基。18世纪中叶开启工业文明以来，世界强国的兴衰史和中华民族的奋斗史一再证明，没有强大的制造业，就没有国家和民族的强盛，而《中国制造2025》的颁布，是中国实施制造强国战略第一个十年的行动纲领。

2019年，中美两国之间大规模贸易摩擦升级，美国所施加的一系列关税，引发中国尤其是珠三角部分制造业开始往以越南为代表的东南亚国家转移，这个问题备受关注。初看上去，这些问题似乎离我们日常生活比较远，但实际上它离我们每一个人却非常近。在问题的背后，蕴含着我们对中国经济未来的理解，而中国经济的未来，会直接影响到我们每一个人的工作、生活，影响到我们的未来。

这两年来，网上经常会看到一些声称东莞制造业转移、经济崩塌、工业区破败不堪的文章，文中往往会配上一些衰败厂区的照片，这也常常让人们怀疑珠三角的制造业是不是不行了？东莞制造业名城的地位是不是已经不在了？

珠三角的制造业在中国制造业版图中占有举足轻重的地位，因为工作关系，近十年我有机会服务和近距离接触珠三角的制造企业，带着关于珠三角制造业的真相疑惑，我不断地去到现场调研，实地采访制造业企业家。

## 二

我们先从一家传统代表性制造企业 20 年的成长与转型之路来探讨东莞的制造业。

东莞盈通电子科技公司创办于 1999 年，创始人钟奕怀出生于 20 世纪 70 年代初，他的创业历程，具有鲜明的时代特征：社会发生巨大的变迁，社会物质依然缺乏，70 后一代创业者敢突破、勇于挑战、有梦想，他们追求物质主义却也没有放弃永恒的精神。

1990 年，电子专业毕业的他来到深圳打工，进入一家台资企业，从一名流水线工人做起，因为他的勤快、努力和敢于承担责任，钟奕怀实现每两年升一级的快速晋升。

1994 年，22 岁的钟奕怀已被提拔为车间主任；1996 年破格晋升为公司副总经理，他的成长之路，非常具有代表性：拥有专业知识和技能，从基层做起，勤奋好学，愿意担责，“干中学”

与“学中干”相结合，不断积累丰富的行业经验，然后选择合适的机会出来创业。

1999 年，27 岁的钟奕怀选择出来创办盈通电子公司，创业资本是 8 万元，在深圳平湖开启他人生的重要转折。

盈通电子一开始的业务是来料加工，这是 90 年代珠三角制造业的主要形态；2008 年，钟奕怀开始开办五金厂，生产五金配件；2012 年开始生产汽车、蓝牙音箱，并且工厂也从深圳整体搬迁至东莞谢岗；2013 年公司开始涉足电商领域，产品从 OEM 到 ODM 转型，目前已成长为国内汽车蓝牙音箱领域的领先品牌。

盈通公司的发展史，正是中国制造业成长的一个缩影：从来料加工到自主研发、从小作坊作业到科学化管理、从代工到自主品牌、从线下渠道销售到电商平台转型、从中国制造到中国创造。从 90 年代至今，在钟奕怀和盈通公司身上投射出的是珠三角制造业的一个精准“缩影”，轮廓清晰且相得益彰。

钟奕怀的创业之路，顺应了中国制造业的“势”，符合时代的潮流，一步一个脚印，尽管外部环境风云变幻，但盈通公司却一直保持着稳步持续的增长。从钟奕怀，我看到了一代制造人的毅力和耐力，并不断地将所学知识转化为企业竞争力。

谈到珠三角中小制造企业的未来，钟奕怀通过自己及身边制造业企业的调研，提出他的几点看法：

一是从传统生产制造到技术创新的努力。传统简单加工制造已很难持续，需要在核心技术研发方面不断投入，做到行业技术领先才是出路；

二是整体制造业升级，往智能制造和工业4.0转型，并实施有效的科学管理；

三是制造业与互联网的结合，推动制造业往产业互联网方向转型；

四是中小制造企业与世界500强形成供应链体系的合作，进入到全球供应链生态当中去找到自己的位置。

## 三

问及未来盈通公司是否会转移出东莞，到东南亚国家比如越南去，钟奕怀的回答非常明确：不会。

他似乎对这一问题早有思考，也有过实地考察和调研。钟奕怀说："越南，除了劳动力价格外，其他的成本并不比中国便宜多少。无论是土地价格，还是工业水电价格，都比中国要高。尤其是最近两年制造业企业在短期内大量涌入，造成越南劳动力和土地价格迅速上涨，本来就不怎么样的交通基础设施，更不够用了。"

而在分析中国制造业时，钟奕怀说，中国制造业的核心优势在于供应链体系，只要供应链体系足够强大，劳动力价格和土地价格就并不那么重要。

"我认为越南没有机会发展起属于自己的完整供应链体系，最直接的原因是珠三角的供应链太完善了，越南制造业自身的供应链，通过珠三角和中国的供应链体系深度嵌合在一起。"

钟奕怀补充说，目前转移过去越南的企业，主要集中在两类企业，一类是产业链的配套企业，另一类是直接在越南生产，就地销售的行业，如纺织业、制鞋业、家具企业等。

在制造业企业向越南的转移中，存在着一个本质性的特征：不是整个产业的转移，而是特定生产环节的转移，基本上也就是最后的组装环节。

事实也确实如此。转移到越南的制造业企业，仍然要在中国供应链内采购中间品和零部件，最后在越南完成组装，出口销售。越南的制造业就这样和中国的供应链网络紧密地嵌合起来了。

2019 年底，我们在越南考察的时候，有一位家具厂老板提供了一个特别生动的例子。

他说，家具产业供应链包括五金、油漆、板材、皮革、纸箱等十几种配套产业。这些配套产品基本上可以从越南本地的供应商那里采购，但实际上这些供应商生产所需要的零部件和材料，还是得从中国进口。

比如，在越南生产一个沙发，其中 90% 的皮革材料来自江苏，生产家具时所用的夹板，90% 以上来自山东临沂。就连包装家具用的纸箱，要生产它，也离不开广东珠三角企业的供应。

造纸箱，首先要有原始木材做成的原浆，然后再用回收的废纸打成次浆，次浆混在原浆里做出纸皮。只有一级厂能够生产纸皮，接下来二级厂会把纸皮加工成纸板，最后三级厂把纸板加工成纸箱。一级厂和二级厂对于市场规模和资源的要求都比较高，所以越南没有一二级厂，只有三级厂。

也就是说，越南确实能造纸箱，但造纸箱用的纸板，都还得从中国进口。这一方面是因为技术不行，但这还算好说，技术可以学习；但另一方面，这更是因为越南本地的市场规模不够，市场规模这个事情就没法学来了，中国天然地碾压其他国家。

在我们通常认为技术含量很低的家具业，越南的产业与中国乃至世界上的供应链网络都有着这样复杂嵌合的关系，更不用说技术含量高很多的电子行业了。

## 四

近年在网上流传的东莞破败厂房的照片，是台资企业裕元集团设在东莞市高埗镇的一个厂区。

裕元集团是中国台湾宝成集团在大陆的子公司。宝成集团是世界上最大的鞋业代工厂，你差不多可以把它想象成制鞋业中的富士康。裕元集团从1988年进入大陆之后，在大陆的许多地方陆续设立工厂，巅峰时期在中国大陆合计雇用了二十几万人。这里面，最大规模的厂区就设立在东莞高埗镇，仅仅这一个镇上的裕元厂区，就雇用了大约十万名员工。

现在，裕元在高埗镇的厂区人去楼空，其中究竟发生了什么？高埗镇又因此受到了多大的影响？我们就以高埗镇为例，看看珠三角的低技术产业，发生了怎样的变化。

首先，裕元鞋厂去了哪里呢？从2008年开始，宝成集团就把裕元的产能逐渐向外转移，到现在，宝成集团在全球最大的厂区已经是越南的宝元鞋厂。裕元产能的转移过程，伴随着人员的裁减，到2017年，高埗镇厂区的工人从巅峰期的约十万人裁减到约八千人，这个数字稳定到今天。

高埗镇原本是农村，发展为今天的现代化城镇，都是裕元拉动的结果。高埗镇的常住人口总共只有二十万出头，裕元的十万人大部分被裁撤掉，照理说，这经济也就该崩溃了。

但我们看一下高埗镇在 2011 年到 2015 年期间的经济统计数据，结果却让我们很吃惊。

总的来说，到 2015 年，裕元鞋厂已经裁员一大半了，但高埗镇的常住人口并没有发生实质性的变化：2010 年是 21.75 万人，到 2015 年是 21.51 万人，相差并不大。高埗镇的户籍人口不到 4 万人，剩下的十几万都是外来人口，他们并没有因为裕元裁员而离开高埗镇。

高埗镇的 GDP 始终保持着增长状态，2010 年是 69.13 亿元，然后每年大概以 15% ～ 20% 的速度在增长，到 2015 年是 117.79 亿元；居民可支配收入也在持续增长，社会消费品零售额同样在稳步增长，说明高埗镇老百姓的日子过得都还不错。

再看看近十年来东莞的经济统计数据，你就会发现，里面没有一点经济衰败的影子，始终是增长态势。2009 年东莞市 GDP 是 3811 亿元，2018 年是 8278 亿元，10 年时间整整增长了两倍多。

这和近年来关于制造业衰败给人的印象实在是太不一样了，一个这么大的厂撤走了，经济为什么会没有受到什么影响呢？

那么，究竟是什么在转移？

抱着这个问题，我们来到了东莞市的一家公司，公司老板之前就在裕元工作，一直做到了管理层，还曾经被母公司宝成集团派往越南的工厂担任管理，后来自己出来创业。

他告诉我们，裕元公司被称为制鞋业的黄埔军校，和很多进入大陆的其他台资鞋厂一同，培养出了大量的熟练工人和有经验的管理人员。这些台资鞋厂还培养、拉动出大量的原材料和零部件供应商厂家，这些供应商通常就是从台资鞋厂中走出来的人创立的。那些在台资鞋厂转移过程中被裁掉的工人，绝大部分都被这些供应商厂家吸收了。

在台资鞋厂的产能逐渐转移走之后，很多国产品牌的鞋厂崛起了，前面说到的那些制鞋业的原材料和零部件供应商，就转而为国产品牌供货，照样活得不错。

从中可以看出，珠三角产业的发展过程中有一个大趋势，就是台资企业的撤离，伴随着内地民企的迅速成长。

## 五

刚说的是低技术产业，它主要是发生了终端生产环节的转移，高技术产业又是怎样的情况呢？

以智能手机业为例。2019 年 10 月，三星关闭了在广东省惠州市的最后一家手机工厂，把手机产能全都转移到了中国之外。这是不是代表着中国的智能手机制造业严重外流了呢？其实，要找到这个问题的答案，有个很简单的方法，就是看中国的手机产量有没有发生大的变化。

数据显示，从 2007 年到 2017 年之间，越南出口的手机在全世界手机出口总量的占比，从 0 增长到了 16%，这确实是很惊人。但中国在同期的占比则从 37% 增长到了 56%，更加惊人。这还只是计算出口，没有算内销，如果把出口产量和内销产量算到一起，中国在 2018 年的手机总产量占了全球总产量的 90% 以上。

不过要注意，这个产量指的是中国生产的手机产量，并不是中国品牌的手机产量，比如苹果手机主要在中国代工生产，那么就会被计入中国生产的手机产量中。

那么，三星为什么要把手机生产厂从中国转移走呢？其实，最主要的原因是三星品牌在中国市场的衰落。2013 年是三星手机的巅峰期，那年它占据了中国手机市场近 20% 的份额，排名第一，但之后就一路下跌，到今天市场占有率已经不到 1% 了，排名已经落到十名以后。但在世界手机市场上，三星手机的市场占有率仍然是第一。换句话说，三星主要的市场在中国以外，那么把生产基地转移到对外贸易条件更好的越南，也就很好理解了。

而且，就像制鞋产业一样，转移到越南的三星手机生产厂，仍然保持着和中国供应链网络之间的深刻联系。虽然我无法得到三星公司内部的具体数据，但从一个地方就能找到痕迹了，那就是中越之间的通关口岸。

我们在中越之间最大的陆上口岸广西凭祥，访谈到了在这里做报关代理以及国际物流的何加继先生。他告诉我们，这几年来，每天下午四点都会有集装箱卡车从东莞出发，拉满手机配件，第二天下午四点运到越南北部的三星工厂。他的公司每年会为三星的中国供应商运输价值几亿美元的手机配件，但在通过凭祥运往越南的三星手机配件中，他运的那几亿美元的货也只是占了非常小的比例。

除了三星之外，近年来我们也经常看到消息说，苹果公司把代工厂转移到了印度。但认真看一下数据就会发现，虽然苹果公司在中国以外地区的代工厂数量增加了，但它在中国境内增设的代工厂数量更多。

2015 年，苹果公司在全球一共有 33 家代工厂，其中 3 家在中国以外，30 家在中国；2019 年，苹果公司在全球一共有 59 家代工厂，其中有 7 家在中国以外，有 52 家在中国。苹果公司到印度开设代工厂的考虑，主要就是规避印度的高关税，供应当地市场。从整体供应链来看，2015 年，苹果公司有 44.9% 的供应商位于中国，到了 2019 年，比例上升到了 47.6%。

智能手机是高技术产业，但并不是其中的所有生产环节都是高技术环节。现在，各国之间已经是在工序层面上的跨国分工，不同国家完成不同的生产环节，共同完成一件产品。从中国转移出去的环节，往往是一些低技术环节，它们仍然会与中国的供应链保持着深刻的关联。

总结一下，珠三角制造业的情况究竟怎么样呢？我们可以看到，无论是低技术产业还是高技术产业，都没有发生一些“转移崩溃”的景象。实际上，在调研中，我们看到的更多的是当地制造业的转型升级，供应链网络向海外的进一步“溢出”。

转型升级中很重要的一个内容，是机器替代人的过程，现在被热炒的概念“智慧制造”，就是这样一种升级过程。如果在制造业中机器能够在大部分环节上替代人，那么制造业的发展逻辑有可能发生深刻变化。

从钟奕怀身上，我看到了一代制造人的毅力和耐力，并不断地将所学知识转化为企业竞争力。

在调研中，我们看到的更多的是当地制造业的转型升级，供应链网络向海外的进一步『溢出』。

## 吴晓波来访

“情怀不值得尊重，但努力本身是值得尊重的。”

### 一

2019年9月，华董汇成立的第三个月，我们的老朋友、财经作家吴晓波老师来了，带着一份喜悦和祝福。

作为我多年成长的见证者，吴晓波老师见到我的第一句话是：“义林，恭喜你，终于迈出这一步了。”

我带着吴老师参观位于深圳湾生态科技园的华董汇运营中心。一群吴老师多年来的企业家朋友、华董汇的联席理事长们，已经在我的办公室泡着工夫茶，等着吴老师的到来。

吴老师的记性很好，很多朋友见过一次面或是交流过，他都能喊出名字，甚至是记得他们所从事的行业。见到从事制造业多年的陈万强、陈步霄两位企业家，吴老师开始关心他们企业的发展状况。两位企业家都是50年代出生的，从事传统制造业也都超过20年，最近这几年，他们都在各自的领域布局智能制造与新能源相关的产业转型。

听到两位老朋友的分享，吴老师很是欣慰，说了一句：“中国的制造业还是很有希望的！”

“晓林同学，你又长高了……”见到卡酷尚集团的创始人郭晓林，吴老师很亲切地调侃了几句，他所说的“长高了”，其实是表达“成长了”的意思。这几年，郭晓林布局未来科技主题的产业园，在深圳、惠州、东莞、中山等大湾区的核心经济圈拿地建产业园，借着大湾区经济政策的东风，开创新的事业。

“吴老师，您要不要也在深圳买套房，可以看到深圳全景的，享受云端生活，我给您打个折……”深圳侨城一号的徐宁宁，半开玩笑半认真地邀请吴晓波买她的房，经过多年的设计建造，侨城一号即将完工入驻，这一作品也是徐宁宁多年的心血，号称“深圳华侨城的地标”。

“深圳的房价太高，我可能买不起，不过去看看是可以的。”吴晓波老师一边品着我从老家带来的单丛茶，一边与老朋友们畅谈他对今年经济、制造业、楼市的观点。

接着，吴晓波老师认真地听取我们对华董汇的介绍，谈了使命、愿景和发展规划。

“企业家社群将来会成为社会的一股进步力量，华董汇的创立生逢其时。希望华董汇能够发挥更大的社会价值，真正意义上把企业家这种社会稀缺资源整合好。”

听完我们的介绍，吴晓波总结华董汇的模式为“圈层社交会员制”，而近年他所创办的890新商学，也正是在实践这一模式。

吴晓波很看好未来的社群会员制，他向华董汇的运营团队提出三个“极致”：一是将会员制模式做到极致，二是将社群价值做到极致，三是将资源链接做到极致。

看到华董汇的运营团队是一群年轻的80、90后，吴晓波老师很欣喜，他说：“我创办890，意思就是80后、90后，我希望与年轻人在一起，这样才能骑在新世界的背上。”

## 二

曾经，吴晓波老师常常坐在媒体席的位置，向国内叱咤风云的商界领袖提问。这一天，他成为一个被提问者，而我坐在他的媒体席的位置上，角色的转换，多少让我有一种时空的错觉。

在中国火热的商业土地上，他最初只是岸边的观察者，被外界称为“最会赚钱的财经作家”。而今，他挽起裤腿，扎进真实的商业世界里。

1990年，22岁的吴晓波从复旦大学新闻专业毕业后去了杭州，进了新华社杭州分社，开始了长达13年的商业记者生涯，也接受了最规范了记者训练；1994年起，他在《杭州日报》《南风窗》《南方周末》上写专栏，为的是锻炼自己的读者思维；1996年他又开始写书，坚持每年写一本，早期影响不大，直至2001年，吴晓波终于凭借《大败局》一举成名。

2004年，吴晓波创办“蓝狮子”品牌，并成立民营公司，他志在成为中国本土财经阅读的佼佼者，着力发掘中国公司史和人文财经。2014年底，安徽皖新传媒收购蓝狮子45%的股权，交易完成后，蓝狮子估值达3.5亿元。

2013年，吴晓波创办新媒体“吴晓波频道”，后成立运营公司巴九灵文化传媒，2017年获普华资本等A轮资本投资，估值达20亿元，成为国内自媒体创业公司估值最高的。

从“吴老师”到“吴老板”，吴晓波已没有了身份上的撕裂感。在他看来，不管是写书，还是做出版、运营自媒体、投资、拍视频节目等，他始终在做一件事情：伴随中国商业成长。没有谁能定格他这一颗正在向上的心。

“我无非一手在写作，一手在做企业。服务客户的同时，我在企业的收获再变成我写作和讲课的一部分，这对我来讲是一回事。从过去评论别人，到现在被人评论，这也许就是商业之美。”吴晓波说。

从2004年创办蓝狮子开始，吴晓波做企业已经16年了，他一路做生意、做产品，服务企业，也服务年轻的创业者。

“我对企业的洞察力、对企业家的理解认同，跟我这些年做企业有很大的关系。”

其实，吴晓波不是个例。全球又做学者又做企业的人，从德鲁克开始，到彼得·圣吉、汤姆·彼得斯，到迈克尔·波特等，他们是学者，一边做研究，一边做咨询公司或者投资。

记得数年前吴老师说过一句话：你这辈子，遇见什么样的人，然后有机会成为那样的人。许多年前，因为遇见吴晓波，我坚定了写作的理想，也因为吴晓波，我选择了创业，创办了华董汇，成为服务创业者的创业者。

## 三

然而，吴晓波是一个文人，文人做企业太有情怀。有人说，罗永浩、贾跃亭，似乎也都败在了情怀上。怎么在情怀与做企业谋利之间寻求平衡呢？

吴老师笑着回答说："情怀不值得嘲笑，也不值得被讴歌。"

哪个企业家没有情怀？阿里巴巴开始创业的时候，马云有他的情怀，"让天下没有难做的生意"；罗永浩的情怀是要做最好的手机；吴晓波也有做企业的情怀——为商业提供好的知识付费产品。

"罗永浩败在情怀上吗？也不是。他进入到这个行业时，已经走到末端了——他败在了对行业本身的理解和产品上。贾跃亭败在情怀上吗？也不是，他败在了生态化战略上。"

吴晓波认为，没有情怀的人不适合做企业，那是一个生意人。情怀本身是一种企业愿景，是一个人做事情的起点、发心。一个企业的成功，有很多因素，跟情怀没有直接关系。

没有一个企业家败在情怀上，没有一个人败在情怀上，他失败是因为商业本身的事情。

贾跃亭的"为梦想窒息"，和马云的 "让天下人没有难做的生意"，以及比尔·盖茨的"让每家桌上都有一台电脑"，本质上是一回事，他们都用不同的文字表达了同样一件事，一件很疯狂的事。如果马云、比尔·盖茨失败了，外界可能就会嘲笑他，"这个傻瓜，竟然有这个想法"，外界的嘲笑仅仅是一种社会情绪的话题而已。

每个人做好自己是挺重要的。很多人不喜欢马云，但必须承认，他做了一个特别牛的企业；很多人喜欢贾跃亭、罗永浩，但不可否认，他们是创业的失败者。

所以，人们看商业可能比较冷静。艺术很难用一个比较普世的标准来衡量，但商业是成败论英雄、财务报表论英雄。这是商业最美好，也是最残酷的部分所在。

“为什么我现在还写书？我的钱不够用吗？是因为我觉得这有意义，我享受这个过程，哪怕质疑很多。我写作的顶峰可能是32岁的时候写的《大败局》，即使到75岁我也写不出第二本《大败局》。不过，那又怎么样呢？我老了以后，对别人说‘你看我每年写本书，证明我很努力’！”

情怀不值得尊重，但努力本身是值得尊重的。

从『吴老师』到『吴老板』，吴晓波已没有了身份的撕裂感。他始终在做一件事情：伴随中国商业成长。

# 饭局简史

协作、社交和网络，三个关键词串起了漫长的人类进化史和社会发展史。

## 一

每逢过年过节或重要庆典，聚餐肯定是少不了的活动。重要的社交场合，少不了饭局，不过，不知道你有没有想过，我们为什么非要聚在一起吃饭呢？你可能会说，有时候是出于情感需要，有时候迫于社交压力，也有时候是兼而有之。但是，为什么这些情感和社交的需求，非要靠饭局来实现呢？

英国生物考古领军人物、剑桥大学考古学系教授马丁·琼斯（Martin Jones），开创了将多种科技方法应用于古代食物遗存研究的先例，从人类分享食物的起源到生物进化论的研究角度，告诉我们“聚餐”对于人类的进化有多重要，这也回答了为什么我们人类这么喜欢组织参加饭局的原因。

马丁·琼斯教授首先提出一种质疑，从生物性的角度来看，人类喜欢分享食物，尤其是跟直系亲属之外的人分享食物，其实是反本能的。虽然很多动物也会分享食物，但是一般只在母子、配偶这些亲属之间。对它们来说，跟陌生人分享食物，那是绝对不可能的。

那么，人类为什么这么喜欢分享食物呢？ 马丁教授认为，我们得回到几十万年前，到我们的祖先原始人那里去寻找答案。

马丁教授用了各种科学手段来分析原始人的“厨余垃圾”甚至粪便化石，从中发现了很多有趣的事实。

第一，原始人协作捕猎，获得了更丰富的食物，让人类有了跟动物完全不同的聚餐行为。第二，聚餐是原始人重要的社交场景，在一定程度上促进了人类心智能力的进化。第三，聚餐又演化出了宴会这种新形式，让人类的社交范围从社群内部拓展到了社群之间，从而把遍及各地的人类社群连接成网络。

这里面有三个关键词——协作、社交、网络。

## 二

人类和其他的物种之间的边界到底在哪里？常见的答案是使用火和工具，或者发展出了语言能力等。然而，随着我们对动物的了解越来越多，这些答案都不太站得住脚了。

科学家发现，有些鸟类也会利用火来觅食，黑猩猩不但能使用工具，还能自己制作工具，更多的动物其实有着类似语言的交流方式。总之，火、工具、语言，都不能说是人和其他动物之间根本的不同，就像著名的动物学家珍妮·古道尔说的：到目前为止，我们还没有找到任何一条清晰的边界可以将人类和其他动物分开。

马丁教授认为，人类有一种特有的行为，那就是跟非亲属分享食物。前面也提到了，在生物界，父母和子女分享食物很普遍。这是自然界中唯一普遍的、主动分享食物的行为。另外，在求偶期的时候，有些动物会和自己的配偶分享食物。但是，在所有的动物里，似乎只有人类不只会跟家人一起吃饭，也会跟其他人，甚至与陌生人友好地分享食物。

我们来跟同样非常社会化的灵长类远亲黑猩猩做个比较：一群黑猩猩虽然也有集体大餐，但是它们的大餐跟人类的聚餐就很不一样，因为黑猩猩的聚餐过程中充满了争斗和乞求。

动物学家珍妮·古道尔记录过一次黑猩猩的集体大餐。这群黑猩猩总共有17只，当时，他们正在分享一只大约20公斤的猴子作为食物。在黑猩猩社群里，通常是雄性黑猩猩首领负责捕猎，所以它也掌握着分配食物的大权。这场大餐持续了9个小时，在这9个小时里，其他的黑猩猩不断地跟首领协商，请它分给自己一些肉。有些黑猩猩会顺利分到肉，也有些会遭到无情的拒绝，比如跟首领没有血缘关系的年幼黑猩猩。那些得到肉的黑猩猩会再跟自己的父母、子女、配偶商量怎么细分；而得不到肉的黑猩猩就会想别的办法，有的明抢，有的乞求，甚至还有的会用性来交换食物。研究人员观察到，为了分享这只猴子，黑猩猩们总共协商了80多次，但是最后，也不是所有的黑猩猩都吃到肉，在17只里只有13只得到了食物。

虽然生活在几十万年前的原始人也有跟黑猩猩类似的集体大餐，但是他们的大餐那时候就已经显得更友好，也更公平了。

马丁教授通过英国南部的一处考古遗迹，还原了一次50万年前的原始人集体大餐。这群人猎杀了一匹400公斤左右的野马，虽然参与猎杀的只是领头的一部分猎人，但是野马被宰杀之后，来分享食物的人越来越多。人们靠分工合作分食这匹野马，有人剥皮，有人切肉，有人拆骨。整个用餐过程也持续了几个小时，不过如果年轻的母亲们乞求能多分到几块肉，猎人们也会满足她们的要求。而且这匹野马身上最好的肉，他们不会当时就吃掉，而是带回居住的森林里，留待下次享用。

50万年前原始人的野马大餐和黑猩猩的猴子大餐有两个根本的不同：第一，原始人获得食物的方式是多人协作捕猎；第二，他们分享食物的方式更友好，也更和平。黑猩猩只能猎杀20公斤左右的猴子，而原始人因为协作能够猎杀400公斤左右的野马。能够捕猎更大的动物，让原始人获得了更多的食物，他们才能友好和平地分享食物，而且照顾到幼儿，甚至还能存下一些食物。

可以说，协作捕猎和分享食物，是我们的远古祖先在自然界中竞争的优势，这两个行为都跟协作有关，帮助人类在复杂多变的自然环境中生存下来。为了适应了气温和环境的变化，我们的远古祖先通过协作捕猎扩大了觅食的范围。当他们能够捕获像野马这样比他们大得多的猎物的时候，他们就有了更丰富的食物。食物供大于求，他们可以更从容地分享食物，有了类似聚餐的行为。马丁教授说，这是人类聚餐行为进化论解释。

## 三

分享食物的聚餐，逐渐成了原始人最重要的社交场景。社交，是人类的心智能力能够得到发展的重要前提。

我们人类除了有灵长目的黑猩猩、大猩猩等远亲，还有很多同属于人属的近亲，比如尼安德特人。人类学家很喜欢拿智人和尼安德特人做比较，因为他们跟我们很像。尼安德特人比智人出现更早，从 12 万年前开始，就遍布欧洲、亚洲西部以及非洲北部。有证据显示，尼安德特人和智人曾经长期生活在一起，而且还有交流，但是，尼安德特人遇到智人之后，在距今 3 万年前左右逐渐灭绝了。

一般认为，尼安德特人灭绝，是因为他们没有像智人那样发展出更强的心智能力，比如语言。这实在是一件很奇怪的事，如果说心智发展和脑容量有关，那么考古证据显示，尼安德特人甚至比同时期的智人还更有优势，因为他们的脑容量还要更大一点。

那么，为什么是我们智人发展出了更强的心智能力呢？

这个问题，学界目前还没有公认的答案。但从分享食物这一点上，我们能够看到尼安德特人和智人有一个本质的不同，就是社群内部的聚餐方式。

我们先回到 4.6 万年前，看看尼安德特人的晚餐时光。在西班牙地区那时候的一个洞穴里，一家尼安德特人聚集在火堆前准备吃饭。一对兄弟忙着给对方清理头发中的脏东西；母亲在旁边给更小的儿子喂奶；祖母正在给祖父烤一小片肉，因为祖父的牙齿已经不太好了。跟他们血缘关系稍远的一些亲戚，正在不远处做着类似的事情。这个画面，是考古学家根据这里的一个洞穴遗址里留下的痕迹还原出来的。

在那个时候，尼安德特人已经和智人一样能制作石质工具，也会使用火，甚至会用火来加工食物，让食物更美味。但是，尼安德人跟智人又有一个很大的不同。在他们的聚集区里，各个家庭是分散吃饭的，没有明显的中心活动区。考古证据也告诉我们，尼安德特人聚集区的遗迹会有很多个小火塘。但是智人就不一样，在智人的聚集区里，所有人会围坐在一起吃饭。在智人聚集区的遗迹，我们不会看到很多分散的小火塘，而是会看到一个公共的大火塘。

这种差别或许说明，聚餐这种社群内部的社交行为，可能就是智人发展出更强心智能力的一个重要原因。

对智人来说，火塘是食物和热量的来源，也是社群的中心。今天英语里的 focus 这个词，就来自拉丁语的壁炉和火塘。智人会围坐在一起吃饭，吃完饭之后，还会聊天、讲故事。智人讲的故事已经可以涉及遥远的空间和时间。某种意义上看，这种饭后闲谈跟 18 世纪巴黎咖啡馆的聚会已经没有本质区别。在 18 世纪巴黎的咖啡馆里，几个赫赫有名的人物，伏尔泰、狄德罗、孔多塞聚在一起，他们的谈话激发了很多观点，塑造了今天的西方文明。

在各种重要的心智能力中，最重要的当然就是语言本身了。

人类为什么会产生语言？这个问题一直困扰着哲学家和科学家。在语言产生之前，原始人也可以通过声音来交流，但是他们只能发出不同的咕噜声，和黑猩猩等其他灵长类动物差不多。

马丁教授认为，语言产生的一个主要的原因就是社交，而智人社交最主要的场景就是社群内部的聚餐。所以某种意义上说，语言这种心智能力，是在饭后聊天中发展起来的。

事实证明，智人选择了正确的生存策略，就是社交。在尼安德特人的社群里，大家不会聚餐，一个家庭和另一个家庭之间相互排斥，他们没有发展出更复杂的语言。而智人的聚餐，让社群内部成员有了一个重要的社交场景——语言，很多心智能力的发展都与此有关。这或许就是尼安德特人灭绝了，而我们生存下来的一个原因。

## 四

今天，如果你想在家做一顿大餐，你可以买到江南的青菜、东北的大米、阿拉斯加的鳕鱼、日本的和牛。这种食物网络就是人类这个物种广泛连接的体现，它是怎么形成的呢？

我们思考一个问题，同样是和别人一起吃饭，饭和宴有什么区别？饭是一日三餐，一般是跟家人、同事一起吃；而宴是招待宾客，这些宾客有时候是你不那么熟悉的人，甚至是陌生人。这两种聚餐，正好对应了人类社会的两种连接方式：一是社群内部的连接，二是跟社群与社群之间的连接。

人类最初为什么要举行宴会呢？

这是因为随着心智能力的发展，人类和自然的关系发生了根本变化。过去，人类为了适应自然环境的变化，需要不断调整自己的生存策略；慢慢的，人类发现自己其实可以驾驭自然，于是，他们不再改变生存策略，而是改造自然。农业就是改造自然的典型结果。它带来了更稳定的食物来源，也带来了新的问题。相比人类早期狩猎、采集生活拥有的多元食谱，农业生活里的人类食谱就会比较单一，因为一个社群的人能够驯化的动植物毕竟是有限的。而单一的食谱有两个明显的缺点：一是人可能会营养不良；二是一旦农业种植出现意外，就可能完全没得吃。这就需要人们跟其他的社群合作，最早的宴会就是为此产生的。

在史前时代晚期，几个原始人部落会在特定的季节聚集在一起，举行盛大的宴会。他们会各自带来自己的牲畜、水果、谷物，在宴会中交换这些食物。食物的多少，会影响部落的地位和部落之间的关系。这样一来，原始人就能维持相对多元的食物网。

接下来，随着人类的迁徙，宴会又发展出了另一种形式——招待旅客的宴会。在荷马史诗《奥德修斯》里写道：奥德修斯离家很久之后，女神雅典娜化身成门托耳带着奥德修斯的儿子来到一个叫皮洛斯的地方打探父亲的消息。当地的人用丰盛的晚宴招待了他们。荷马史诗虽然是虚构的文学作品，但是他描绘的很可能就是史前时代晚期的生活。这种招待旅客的宴会或许是当时一种普遍的习俗。

随着农业的发展，越来越多的人类选择定居下来。与此同时，社群里就会有一些人就离开定居地，四处游历。这些人会把一个地方的特产带到另一个地方去，其中当然也包括食物。所到之地，人们就会用宴会款待他们。食物就这样有了更广泛的传播。大航海时代，欧洲人把美洲的土豆等食物带回欧洲，也是一样的道理。这样的旅途，把散落在各地的定居群落连接成网络。

人类社会进入文明社会阶段之后，宴会这种分享食物的形式不仅保存下来了，而且依然发挥着食物再分配的作用。最典型的体现就是国宴。在古罗马，国家会定期举行国宴，各个地区会把丰年的收成作为贡品交给国王，这样他们就会在荒年得到援助，而国王也因此彰显了自己的权威。进贡的时候，国王会举行盛大的国宴，这种宴会其实就是食物再分配制度的一种象征仪式。

宴会是聚餐的新形态，它把人类的社交活动从社群内部拓展到了社群之间，解决了食谱单一的生存危机，维持了多元的食物网，也让整个人类社会连接成一个遍布全球的网络。这种机制，也进一步影响了人类社会的组织形态，礼仪规程、宗教祭祀、等级制度、权力结构等都跟宴会有着千丝万缕的关系。

## 五

协作、社交和网络，三个关键词串起了漫长的人类进化史和社会发展史。

聚餐起源于协作，它让我们的祖先脱离了动物的进食共性，这是人类最具特色的一个特征。然后，社群内部的聚餐成了人类最重要的社交场景，促进了人类心智的进化，让智人能够在复杂多变的生态环境中生存下来。

最后，农业的发展也带来了食谱变得单一的问题，聚餐也发展出了宴会这个新的形态，帮助人类维持多元的食物网，也让人类社会维持着更广泛的连接。

通过聚餐的历史，勾勒了一幅人类进化和社会发展的长卷，也回答了一些最本质的问题：我们是谁？我们如何成为我们？

今天，当我们以聚餐、饭局或宴会的形式及礼仪聚在一起的时候，不要忘了最本质的问题：我们通过交流、智慧的碰撞，建立更好的信任和协作的关系，最终通过更有价值的社会网络，实现共生、成长与进步。

每一次聚餐，每一个饭局，本质上都是要创造有价值的连接，最终目标是让彼此进步、让生活更美好、让人生更成功。

当我们以聚餐、饭局或宴会的形式及礼仪聚在一起的时候，不要忘了最本质的问题：我们通过交流、智慧的碰撞，建立更好的信任和协作的关系，最终通过更有价值的社会网络，实现共生，成长与进步。

# 第四篇

## 行走

## 我心归处是敦煌

尘世间人们苦苦追求心灵的安顿，在这里无须寻找，只要铃铎响起，世界安静了，时间停止了，永恒就在此刻。

一

“从内心深处我真想长期留在这里，永远留在这里，真好像茫茫的人世间奔波了六十多年才最后找到了一个归宿。”

这是国学大师季羡林作品《在敦煌》里的深情表白，他在第一次见到敦煌后，便深爱着敦煌，内心渴望留在此处。

早在中学的历史课本中，我读到过关于敦煌的故事，内心充满了憧憬，一直魂牵梦萦，渴望有一天可以目睹这个千年的历史文化宝库。

2017年董卿在《朗读者》节目中采访了被誉为“敦煌女儿”的樊锦诗。樊锦诗是敦煌研究院前院长，现任名誉院长，她的一生都在研究和保护敦煌的文化。董卿这样评价她：“一位瘦弱的南方女子，从北大考古系毕业之后，她用了五十四的时间坚守在大漠深处。”

有位前辈对樊锦诗说过一句话，要想在莫高窟生活，首要的功夫是要耐受住这里的寂寞。在节目中她说，大家都认为留在敦煌是她自己的选择，其实她有几次想过离开敦煌，董卿问她：“最后为什么留下来？”她说：“这是一个人的命。”

被后世誉为“汉传佛教奠基者”的鸠摩罗什，当年随吕光滞留凉州达 17 年，也是在一种并非自己选择的情形下开始佛法的弘扬，而樊锦诗是随历史与命运的风浪流徙至此，所不同的是鸠摩罗什当年是东去长安，后来在“草堂寺”负责佛经的翻译工作；而樊锦诗是西来敦煌，在“莫高窟”守护人类的神圣遗产。

听完了樊锦诗老人的故事，我内心无比感动，在敬仰她坚守“勇气”的同时，更加神往这一块千年神秘之地。

## 二

2019 年 5 月，我因参加企业家戈壁沙漠挑战赛，有机会前往敦煌。飞机抵达敦煌机场时已是深夜，虽是初夏，但夜里的敦煌十分寒冷。经过一个晚上的短暂休整后，第二天一早，我们驱车前往莫高窟千佛洞。

我们的车刚离开市区，很快就见到不一样的景象，平野百里，禾稼不长；零星点缀着一些骆驼刺之类的沙漠绿植，在一片黄沙中充满了生机，让沙漠少了些许荒凉、寂寞。接着，我们看到一片葱郁的绿树，隐约出现在天际，后面是一列不太高的山冈，像是一幅中国水墨山水画。

莫高窟千佛洞到了。这里看到的是一个真实的敦煌，它的样子与我过去看过的照片差不多，有种似曾相识的感觉。没有崇山峻岭、幽篁修竹，有的只不过是几个人合抱不过来的千岁老榆，高高耸入云天的白杨，金碧辉煌的牌楼，开着黄花、红花的花丛。放在别的地方，这一切或许毫无动人之处，然而放在这里，却成就了沙漠中的一块绿洲，戈壁滩上的一颗明珠，一片淡黄中的一点浓绿，一个不折不扣的世外桃源。

导游带着我们参观洞窟，虽然开放的只是千佛洞的一小部分，但却足够让我们花上一天的时间慢慢品味。千佛洞本身，琳琅满目，美不胜收，五光十色，云蒸霞蔚。无论用多么繁缛华丽的语言文字都无法描绘。这里用得上一句老话了："只能意会，不能言传。"洞子共有四百多个，大的大到像一座宫殿，小的小到像一个佛龛。洞子不论大小，墙壁不论宽窄，无不满满地画上了壁画。

艺术家好像决不吝惜自己的精力和颜料，决不吝惜自己的光阴和生命，把墙壁上的每一点空间，每一寸空隙，都填得满满的，多小的地方，他们也决不放过。数十代艺术家们前后共画了一千年，不知流出了多少汗水，不知耗费了多少心血，才给我们留下了这些动人心魄的艺术瑰宝。有的壁画，就暴露在光天化日之下，经过了一千年的风吹、雨打、日晒、沙浸，但彩色却浓郁如新，鲜艳如初。想到我们先人的这些业绩，我们后人感到无比的兴奋、震惊、感激、敬佩。

我们走进了洞子，仿佛走进了久已逝去的古代世界，甚至古代的异域世界；仿佛走进了神话的世界，童话的世界。尽管洞内洞外一点声音都没有，但是看到那些大大小小的雕塑，特别是看到墙上的壁画：人物是那样繁多，场面是那样富丽，颜色是那样鲜艳，技巧是那样纯熟，我们内心里就不禁感到热闹起来。

在所有洞窟中，我最感兴趣、印象最深的是第 158 窟中唐时期的涅槃像和第 259 窟北魏时期的禅定像。

涅槃像，释迦牟尼已经逝世，闭着眼睛，右胁向下躺在那里，身后站着许多和尚和俗人。前排的人已经得了道，对生死漠然置之，脸上毫无表情。后排的人，不管是国王，各族人民，还是和尚、尼姑，因为道行不高，尘欲未去，参不透生死之道，都号啕大哭，有的捶胸，有的打头，有的击掌，有的顿足，有的撕发，有的裂衣，有的甚至昏倒在地。

我们真仿佛听到哭声震天，看到泪流满地，内心里不禁感到震动。最有趣的是外道六师，他们看到主要敌手已死，高兴得弹琴、奏乐、手舞、足蹈。在盈尺或盈丈的墙壁上，宛然一幅人生哀乐图。这样的宗教画，实际上是尘世社会的真实描绘，把千载年前的社会现实，栩栩如生地搬到我们今天的眼前来。

第 259 窟禅定像开凿于北魏早期，宋代重修。此窟塑像以塑造手法概括，底纹线条洗练，神情端庄含蓄，而成为敦煌石窟雕塑的上乘之作。

身披深红色袈裟，在膝前呈三莲瓣状自然下垂，阴刻衣纹流畅自如疏密有致，紧贴躯体。塑像结构严整，脸面和胸部，精刻细作，使之显得细腻滋润，富有血肉感。特别是弯眉下微睁下视的双眼，约略隆起的鼻翼，嘴角微翘和深深陷进的两个小窝，弯如半月形的双唇，都给人一种发自灵魂深处的微笑。

北魏时期，北重禅定，坐禅是北方僧人主要的修行方式，这身禅定佛正是坐禅者的一个典范。但一个真正的禅修者，当他坐禅达到一定境界时，会自然而然由内心生发一种喜悦的感受，这种感受被称之为“禅悦”。这身坐佛像正是在表达进入禅悦的状态，佛的嘴角微微上翘，浮现出一种含蓄的发自内心满足的微笑。能把这种表情刻画得如此到位又带有几分神秘感，难怪这尊彩塑被众多游客誉为“东方的蒙娜丽莎”。

## 三

不知不觉，已到了日暮时分。带着那些印象，那些幻想，怀着些感触，我们驱车回酒店，我打开车窗，沿路听着晚风掠过白杨的声音。

渐渐地，夜幕降临，我们的耳畔是随风传来的一阵阵叮叮当当的铃声，断断续续，若隐若现，似有若无……那是铃铎，铃铎的声音跃动在黑夜和白天交替之际，让人感到仿佛游走在变幻莫测的梦境。直到满天星斗闪耀在我们的头顶，微风从耳际流拂过，那壁画里飞天弹奏的音乐也好像弥漫在我们的周围。

我突然明白了樊锦诗老人愿意一辈子留在敦煌的原因了。尘世间人们苦苦追求的心灵安顿，在这里无须寻找，只要铃铎响起，世界安静，时间停止，永恒就在此刻。

“很久很久以前，有一个地方叫敦煌，很久很久以后，这个地方仍然叫敦煌。”

敦煌就像是心的归处，有那样桃源仙境似的风光，有那样奇妙的壁画，有那样可敬的人。然而在人生中，我的旅途远远不到结束的时候，我还不能停留在一个地方。就像季羡林先生所言，“我必须走上前去，穿越这一切。现在就让我把自己的身躯带走，把心留在敦煌吧。”

『从内心深处我真想长期留在这里，永远留在这里，真好像茫茫的人世间奔波了六十多年才最后找到了一个归宿。』

敦煌就像是心的归处，有那样桃源仙境似的风光，有那样奇妙的壁画，有那样可敬的人。

## 鸣沙山·月牙泉

生活本是一个富饶绚丽的宝库，只要愿意，你可以不断发现生活中有趣而又美好的地方，关键在于你自己如何发掘，如何想象和如何创造。

### 一

成功挑战了108公里沙漠戈壁徒步赛，离开敦煌前，决定前往大漠中的一对绝美双壁：鸣沙山和月牙泉。

早上十点，我们驱车来到位于敦煌城南五公里处的鸣沙山，此时的太阳火辣辣的。买了门票，租了防沙靴，通过一道铁栅栏门，鸣沙山就立在眼前。我惊讶于世界的奇妙，为何一道铁门，竟隔出这样不同的两个世界，一边如常人小街，一边却是大沙漠漠，若不是亲见，还以为是画家选错了角度，徒加了一道栅栏。

同伴说想体验骑行骆驼的感觉，于是我们租了骆驼。在驼峰与沙峰构成的交织景色下，一队骆驼载着伙伴们开始启程了，其实路很短，恐怕也只是十几分钟，明知道这只是一个扮相，但望过去，因鸣沙山做背景，加上骆驼走时掀起的沙雾，清脆的驼铃声，倒也真有点域外的风情了。

短暂的骆驼之旅，我们来到鸣沙山脚下，惊讶于大自然的鬼斧神工。鸣沙山，由流沙堆积而成，因沙动成响而得名，沙粒呈现出红、黄、绿、白、黑五种色彩，晶莹透亮，一尘不染。人们又名之为“五色沙”。

古代文人骚客有云：“沙垄相衔，盘桓回环。沙随足落，经宿复初。”鸣沙山山形弯环，沙峰起伏，如虬龙蜿蜒，金光灿灿，宛如一座金山，壮美异常。

沙山形态各异，有的像月牙儿，弯弯相连，组成沙链；有的像金字塔，高高耸起，有棱有角；有的像蟒蛇，长长而卧，延至天边；有的像鱼鳞，丘丘相接，排列整齐。

各沙山向外延伸出几条沙垄。每两条沙垄之间，都有一个弧形滑动面，沙在其坡度较陡处下滑，碰撞出沙鸣之声。

伙伴们各自找寻美景去拍照，而我独自觅一处无人的地方，坐在细沙上，沐浴着洁白的阳光，任微风抚发，静静地聆听着琐琐屑屑的沙声。声在远处行人的脚下渗出，虽未成沙鸣，却也如细水流过，或隐或现地淌着。抬眼望去，沙脊外仍是婉转曲徊的沙脊，想不出沙山的那一边是否有不是沙的地方。

此情此景，想起金庸的武侠小说。暮天荒野上孤剑独行的身影，低垂的帽檐下紧压着冷芒流闪的眼睛，三尺龙泉上掩饰不住的杀气冷雾般森然透鞘而出，料知剑上沾满的多是天下无义丈夫的鲜血，该是怎样的侠骨？固然，可以把这种感情视为江湖间坦率朴野的任性，或是自命为光明磊落的侠气吧。

只是我宁愿承认它仅仅是一种朴野放旷，一种任性娇纵，然而即便如此，这份野气在我们今天多典雅甚至多理性、多冷静的时代里已是难见的了，更何况是真正的侠者呢？

于是特别想念起屈原来，想见他枯瘠清癯的容颜上必有一对燃烧的眼睛，“可以托六尺之孤，可以寄百里之命，临大节而不可夺”。常想念屈原的这份侠气，常感叹众醉独醒的寂寞了。

在如此纯净的天空下，人的思绪可以横跨百千年，穿越在时空的无限遐想中，可以不断与自己对话，探索灵魂深处最真实的自己。

## 二

“就在天的那边，很远很远，有美丽的月牙泉；她是天的镜子，沙漠的眼，星星沐浴的乐园。从那年我月牙泉边走过，从此以后魂儿绕梦牵；也许你们不懂得这种爱恋，除非也去那里看看。”

一边听着田震的歌《月牙泉》，一边环绕着月牙泉湖边走了一圈，我内心的感受，正如歌词里所说的，如果你没有亲自去那里，怎么也想象不出来这种梦幻的美。

鸣沙山的怀中，流淌着一弯月牙儿，她就是月牙泉，因其形状酷似一弯新月而得名。古称沙井，俗名药泉，自汉朝起即为“敦煌八景”之一，得名“月牙晓彻”。泉水形成一湖，在沙丘的环抱中，水质甘洌，澄清如镜。

月牙泉，梦一般的泉，谜一般的泉。泉水与流沙之间仅隔数十米，千百年来却永远碧波荡漾，水声潺潺。泉在流沙中，却不被流沙所淹没；泉在戈壁里，泉水却不浊不涸。

一湾清泉，涟漪萦回，碧如翡翠。相传泉内生长有铁背鱼、七星草，专医疑难杂症，食之可长生不老。

月牙泉有四奇：月牙之形千古如旧、恶境之地清流成泉、沙山之中不淹于沙、古潭老鱼食之不老。遗憾的是，对于当代人来说，这些传说，的确都成为传说了。

幸运的是，今天依然能看到这自然界中原本相克的一沙一水，千百年来共生互映的沙漠奇景。这种沙泉共生、泉沙共存的天下奇观，也为敦煌所独有。

敦煌自古是佛教圣地，关于月牙泉、鸣沙山的形成，当然不能仅仅看成是大自然的鬼斧神工，传说也有佛祖的神力和祝福蕴藏其中。

从前，这里没有鸣沙山也没有月牙泉，而有一座雷音寺。有一年四月初八，寺里举行一年一度的浴佛节，善男信女都在寺里烧香敬佛，顶礼膜拜。当佛事活动进行到“洒圣水”时，住持方丈端出一碗雷音寺祖传圣水，放在寺庙门前。忽听一位外道术士大声挑战，要与住持方丈斗法比高低。只见术士挥剑作法，口中念念有词，霎时间，天昏地暗，狂风大作，黄沙铺天盖地而来，把雷音寺埋在沙底。

奇怪的是寺庙门前那碗圣水却安然无恙，还放在原地，术士又使出浑身法术往碗内填沙，但任凭妖术多大，碗内始终不进一颗沙粒。直至碗周围形成一座沙山，圣水碗还是安然如故。术士无奈，只好悻悻离去。刚走了几步，忽听轰隆一声，那碗圣水半边倾斜变成一湾清泉，术士变成一摊黑色顽石。

原来这碗圣水本是佛祖释迦牟尼赐予雷音寺住持，世代相传，专为人们消病除灾的，故称“圣水”。由于外道术士作孽残害生灵，便显灵惩罚，使碗倾泉涌，形成了月牙泉。

这段传说倒是为这大漠双壁增添了几分神秘色彩。楼兰的消失是多么令人遗憾，即使事情已经很久远，可是关于它的传说依旧流传在故事中，千百年来一代传一代，浪漫而又美好。

古人有诗云：诚之所感，触处皆通。其实，生活本是一个富饶绚丽的宝库，只要愿意，你可以不断发现生活中有趣而又美好的地方，关键在于你自己如何发掘，如何想象和如何创造。

在如此纯净的天空下，人的思绪可以横跨百千年，穿越在时空的无限遐想中，可以不断与自己对话，探索灵魂深处最真实的自己。

『就在天的那边，很远很远，有美丽的月牙泉；她是天的镜子，沙漠的眼，星星沐浴的乐园。从那年我月牙泉边走过，从此以后魂儿绕梦牵；也许你们不懂得这种爱恋，除非也去那里看看。』

## 西行，东归

生命有起点，也有终点，在起点和终点之间，就是一条自我觉知之路。

### 一

2019 年 5 月 17 日，我在深圳保利影城办了一场以“十年”为主题的新书演讲，致敬自己逝去的十年青春。第二天，背上重重的行囊，匆忙赶往敦煌，参加为期三天，108 公里的戈壁沙漠挑战赛。

我不是户外运动爱好者，也不是一个特别能做长距离或激烈运动的人，但每次听到企业家朋友从戈壁沙漠回来的分享，我都特别想亲身体验一次。此外，更为重要的是，我期待在人生一个重要的拐点，有一次挑战自己的机会，我将此行称为“西行，东归”。

之所以称为“西行”，是因为比赛将重走玄奘西行取经之路中的一段，而“东归”，是完成了挑战，取得了“真经”，回到现实世界，启发现实生活与工作。玄奘的西行是从一个信念开始的，当他开启这段路的时候，他是很纯净、很明确的。

所以想到戈壁，想到玄奘，我们会想到一步一慈悲，想到安静和纯净，想到一个人的力量。

玄奘西行时是偷偷走的，可以说是以躲避、逃难的形式出走的；可是等他归来的时候，是长安水扫大道隆重迎归的。在以这样身份回来的时候，他也没有为之所动，依旧是认认真真地去做他最初要做的事情，把佛经取回来，让佛经普惠于大众。

当我们想到这里的时候，我们更应该看到的是他的东归，而不仅仅是他的西行。因为在他东归的时候，他已经被人誉为“先知”，哪怕他的一双草鞋，都要被无数的信徒亲吻、供奉，他已经成为影响世界、名誉天下的一个人。但是即使在这种情况下，他还是告诉自己，我得回到初心，所以他毅然决然放弃这一切，开始东归。

这就是玄奘。我想这就是我们走进玄奘，走进戈壁，我们应该理解戈壁之行意味着什么。

## 二

在荒芜贫瘠的戈壁滩，沿着玄奘当年西行取经的道路，一连三天或跑或走地行进实际路程超过 100 公里，这对体能和毅力都是一次巨大的考验。

许多人问我，参加戈壁行的意义是什么？ 为什么有那么多人热衷于去挑战？或者从你准备参赛开始，慢慢地爱上了徒步，等进到戈壁赛道，慢慢地爱上了突破自我极限。也许每个人需要有一些获得自我认知的途径，参加戈壁挑战赛之后发现，对于我而言，除了阅读和写作之外，徒步也是一个极好的自我对话与自我认知的方式。无论是平日的行走，还是与大家集中拉练，以及真正上了赛道，这个过程已经成为生活的一部分，甚至因为这一部分，让身心有了完全不同的感观。

参加本届戈壁赛有102人，来自全国各地的企业家代表，分成8支队伍。在正式出发的前一天，各队伍提前进行了各种集训，包括赛事安全、比赛规则、装备使用、医疗保障等，还提前选出组长和政委。看得出，各支队伍早已跃跃欲试，在出发前就开始了暗中较劲。

我被分在了第二组，说来很有趣，第二组的队员们状态比较差。我和林均浩，刚刚办完一场新书演讲，处于身体疲惫期，还没有调整好状态；郭晓林个头不高，平时工作忙碌，基本没怎么锻炼过；聂晓燕（猪猪）是被骗来的，来的时候说是看看风景、拍拍照，她完全没想过是如此残酷的比赛；还有两位女生处在生理期，其他几位不熟悉的男生看着瘦弱不堪……

这样一个组合，完全不被看好，我开始抱着重在参与的心态。每支队要有旗帜，有队名，有口号，大家清点装备，带好干粮，整装待发。我们队取名“威锋战队”。

第一天。早上八点整，所有人齐集出发点，锣鼓宣宣，呐喊声阵阵，喝完誓师酒，随着一声枪响，各路精英涌上了赛道，所有参赛选手的热情瞬时被点燃，人头攒动的热闹场景与平时荒凉寂寞的戈壁滩形成了巨大反差。

刚一上路，大家有说有笑，自拍互拍。但很快，随着人群的分散和拉开，除了偶见一些小雅丹地貌土堆，不断重复的始终是近乎单调不变的砾石戈壁景致，渐渐地，出发时的兴奋劲逐渐淹没在了一望无际的戈壁沙尘里。

与各类游戏的情境设计相似，刚出发不久，比赛很快迎来第一道难关：过河。各参赛分队需要商议一个统一的过河方式，找到合适的点，协助过河。河水冰冷刺骨，水流很急，稍有不慎，就可能被摔倒或被河水冲走。

这是考验团队协作能力的第一次，我们威锋战队选择了一个水流相对不急的渡口，采取的战略是男生背女生过河，结果还算顺利。在这一关，有的分队因为意见不统一差点就散了，还有人因为害怕就开始打退堂鼓。

我想起了《西游记》里的场景，唐僧师徒一路西行取经，而一路上的妖魔鬼怪的出现，就像是戈壁赛上的各种挑战，多少次差点解散了团队，好在唐僧的意志足够坚定，方向和目标足够清晰，才能让团队一路西行，克服种种困难。

5 月的戈壁滩，烈日炎炎，温度达 35 度以上，所以赛道上几乎每个人都把自己裹得分外严实，做足了防晒和补水工作，顶着正午的烈日，到达第一个打卡点 CP1，大家停下来补充干粮。

正午过后，“猪猪”身体开始出现不适，看着不远处有医疗车，她一直有想退出的念头，结果“暴龙”将他私藏的苹果奉献出来，那苹果沁入心脾的甜，把“猪猪”感动得热泪盈眶，大家伙连哄带骗，硬是让她坚持了下来。

郭晓林是个好政委，他一直在精神上勉励大家，而且他洞察力极强，视力超好，总是远远地能看准前方的打卡点；还有我们的方向盘“沙龙”（谢如国），非常擅长于指北针的操作，第一天几乎是直线着前进的。

正是这样一个组合，在第一天出乎意料地拿了小组第一名。我们是在傍晚七点前第一个到达营地的，按照约定，第一名分到了三盆大西瓜，那是这辈子吃过的最甜的西瓜。第一天的晚饭实行团队自行分工解决，我们的大厨杨林杰，厨艺不凡，他炒的土豆丝、小炒肉配上热腾腾的羊肉汤，美味极了。晚饭过后，是小组总结会议，并选出第二天的队长、政委。

夜晚的戈壁沙漠静谧如画，星光闪烁，美得有些不真实。有些人累得早早进入梦乡，有些人则是生平第一次搭帐篷露营，还有人兴奋得用无人机航拍或者用相机拍起了银河和延时星轨。

## 三

清晨 6 点，天还未大亮，营地的起床号准时响起。一起身才感觉到腿脚酸痛。但一想到我们是第一天的冠军团队，所以接下来的两天是关键，威锋战队的每个人都不敢有丝毫懈怠。

我用“心无挂碍一路前行”来形容自己第二天的表现。经过一个晚上的修整，第二天开始我逐渐恢复状态，在队列中一直位于中前方。

过了中午，挑战再次来临。我们要爬越沙漠，而且还是高山。沙漠地最难的是，一个脚下去，重心不稳的话，人很容易侧翻。

下午在翻越沙山的时候，林均浩膝盖旧疾复发，严重水肿，他是靠着意志在坚持行进的。看着他痛苦难忍的样子，我们表决让他暂时退出就医，他坚持要走下去，我很了解他，以他的性格拼了命也不能影响团队。最后因为大家的一致表决，以及队医的专业意见，在不影响团队成绩的前提下，他勉强同意离队就医。

第二天是最为艰难的一天。经过前一天的戈壁跋涉，有些选手的体能已经接近了极限，因此第二天的赛段就变得尤为艰难。不仅因为单日路程距离最长，更是对心理和体力的持续考验和挑战。

七点刚过，终于听到了终点喧天的锣鼓声，两排彩旗迎风招展，呼啦啦迎接着每一位冲刺的队员。最艰苦最漫长的一天就这样靠着自己的脚踏实地一步步胜利地完成。终点处，一幕幕感人的画面层出不穷，有相互搀扶携手撞线的，有冲过终点相拥而泣的，更有欢呼雀跃拍照留念的。是为自己的坚持感动，也为团队的协作而喜悦。

晚上，营地准备了简单的饮料、茶点，在帐篷外搭建了一个简单露天的场地，举办一个诗情画意般的“星空夜话”。每个组派代表讲述他们的故事，有感动版的，有娱乐版的，有情怀版的。无论如何，经过两天的艰苦跋涉，此时，所有的累和苦，都一一化作感动的笑声。

走过沙漠戈壁，都是姐妹兄弟。此时，真正能理解什么是患难见真情，在沙漠中结成的友谊是简单、纯真的，跟这大漠一样。

最后一天，我用“超越”作为主题。有时，你的能量真的会超乎你的想象。

走过前三天，可以说行程的大头已经完成，最后一天剩下的距离只能算作“零头”，甚至连途中都不设补给站了。出发时每个人都给自己做了这样的心理暗示，步履也随之变得欢快轻盈了起来。

前两天的分值累加，我们队仍是第一，只是与第二名贴得很紧。我们的目标是“争一保二”，均浩也归队了，他希望不要错过最后的精彩。

最终，威锋队取得了团队总分第一，与第二名拉开了不小的距离，这是始料不及的，但我们做到了。

很多时候我们也许忘记了，我们自己是一个需要自我创造的个体，每个个体的差异性就是每个个体的创造性。创造性的光辉让个体的生命彰显出光芒，也让自己成就了你自己的特殊存在，也因此，每个时代的内容就由这样一个个光芒的个体彰显出时代的属性，而你是这个时代的属性之一，正如当年原本默默无闻的玄奘，通过西行求取真经，让生命之光照耀了数百年。

## 四

总结戈壁沙漠之旅，有几点感触十分深刻：

戈壁沙漠挑战赛，最大限度地激发了人性中最美好的一面，比如坚持、不轻言放弃，关爱他人，协助与支持，探寻真实的自己等，在一路跋涉的过程，人是纯净的，明确的，西行之路犹如数百年前玄奘求取真经的使命一样坚定。

人生其实是一个向往，也是一次体验。戈壁沙漠之行，与创业之路无异。方向很重要，方向对了，余下的就是坚持，一步一个脚印，总是可以到达目的地；方向错了，再多努力都是徒劳。

团队分工与协作十分重要，每个个体强并不代表团队就强，相反，分工明确、彼此赋能的团队才能走得更远；体验的过程，更加让我明白人生的真谛。

只有亲身经历了这样一趟玄奘之路，才能悟出许多人生真谛。“一切出发，都是为了回家”，我觉得这是一个很好的主题，那我们回家之后，我们收获的是什么？我们用什么回归？ 我们除了脚趾盖掉，除了带着伤痕，除了拥有戈友的情谊，我们在认知与理解的层面上，到底得到什么？ 我们用什么去把戈壁挑战赛所得到的一切融入未来的创造和价值当中？也许这是我们更应该追问的。

人的一生会有很多个三天，也会有很多个百公里，但沿着玄奘大师足迹前行的这三天将会以天人合一的生命境界指引你的人生方向。

玄奘之路最深的意味，是西行，更是东归。

玄奘的西行是从一个信念开始的，当他开启这段路的时候，
他是很纯净、很明确的。

『一切出发，都是为了回家』，我觉得这是一个很好的主题，那我们回家之后，我们收获的是什么？我们用什么回归？

# 河内印象

越南人对于生活比较“随遇而安”，
不争论、不计较，与世无争，乐观豁达。
这或许也是越南人独特的生活哲学。

## 一

第一次到河内，是在初春的一个傍晚，天下着小雨，有些阴冷。从机场到酒店，沿路风景，有些莫名的熟悉感。河内是越南的首都，全国第二大城市，很多来过的人说河内和中国的县城差不多。

我选择住在河内最热闹的商业区——老城区 36 行街，朋友推荐这是最能体验河内生活的地方。36 行街，意味着 36 行业，展现着悠久的越南文化。入住完酒店，放下行李，我开始了漫无目的的闲逛。

36 行街的夜晚十分热闹，像极了十年前中国的夜市。道路两侧店铺林立，居民楼是私人财产，似乎找不到两个完全一样的房子。傍晚开始，道路封闭，成为商业步行街，开始聚集大量行街的人。和曼谷相似的是，街边摆了许多小摊，各式小吃琳琅满目，充满浓浓的生活气息。大部分街道狭窄，人头攒动，很多欧美年轻人在街边聚集，吃烧烤，喝啤酒，欢声笑语。

行街各类特色酒吧林立，娱乐场所灯红酒绿，街头上可以看到很多穿着性感的越南美女。在没来到越南之前，我总以为这里很保守、贫穷、落后，真正到这里后，才发现大不相同。

最吸引我的还是遍布各个角落的咖啡馆。无论是带着法国风情的双层洋楼，还是或堆或簇的帆布棚、遮阳伞，一排排面朝马路的躺椅或小板凳，你都可以看到越南当地人聚在一起喝咖啡，似乎喝咖啡才是他们与生俱来的嗜好。

我选择一家三层楼的法式咖啡馆，点了一杯滴漏咖啡，然后选择上了最顶层，好不容易找了一个视角较好的位置坐下，细细地体验越南独特的咖啡文化。

这杯滴漏咖啡，有点苦，但却是当地最具代表性的越南滴漏咖啡，光看器具就已经非常特别了。喝滴漏咖啡最享受的是制作和等待的过程，咖啡通过滴壶，一滴一滴和炼乳汇合，等数分钟之后再搅拌起来。一杯咖啡，不紧不慢，就像越南人的生活。

每家咖啡店里都挤满了人，以当地年轻人为主，有不少外形十分“非主流”，他们三三两两喝着咖啡，聊着天，有的打着牌，有的在谈恋爱，非常有生活气息。

喝完咖啡，夜已深，喧嚣嘈杂的街市也渐渐平静下来，我开始往回走。此时，脑海中总有一种感受，老城区陌生的街巷里隐藏着许多似曾相识的东西，或许这是因为文化的同源吧！

## 二

第二天，我开始有计划地去探索和体验这座城市。

河内不大，却是越南的历史名城，为历代封建王朝的京都，曾被法国统治，市内的不少建筑反映了历史的痕迹。受法式建筑的影响，现代一些居民仍喜欢在屋顶上修建一些尖顶小塔楼，看上去别具一格。

越南学习中国经验，实行改革开放政策，近年来经济上获得了较好的发展，一些富裕起来的人盖起了新居，使河内的城市面积不断扩大。10 年前还是一片荒凉的城市郊区，特别是红河大堤内外，一座座小楼像雨后春笋般建起来。一些外国投资商看好河内的旅游业，纷纷在河内建筑现代化的大型商业中心和酒店，数十层的高楼开始拔地而起，矗立在河内的古代建筑和法式建筑之上。当地人说，“河内长高了”。

我相信，每位初到河内的人，都会对河内的交通状况印象深刻。

市内汽车不多，而满街摩托车，则令人“刮目相看”。在河内街头，到处塞满了摩托车，而且大部分车上乘坐两三个人，甚至四个人。据说，越南推行计划生育，一对夫妇允许生两个孩子。因此，一辆摩托车上坐着一对夫妇和两个子女的现象甚是普遍，一辆摩托车就是一家人的廉价交通工具。在众多摩托车中间，也有一些自行车穿插往来，自行车的后座上，大多也带着人。

在上下班高峰期，这倒成为“靓丽”的风景线，大街上挤满了摩托车和自行车，汽车处在摩托车的包围之中，就像是漂浮在摩托车洪流里的小船。

酒店所在的老城区附近有个还剑湖，是河内必打卡的景点。我查看了下地图，不过一两公里远，于是索性步行前往。

步行十几分钟，穿过了商业街，就看到还剑湖。湖的四周树木苍翠，湖水清澈如镜。岸边建有笔塔、和风塔等古建筑，风光旖旎，让人陶醉。

“还剑湖”，听到这名字，就能让我们无限遐想，与许多名胜古迹一样，历史上必定有一段传奇故事。

相传 1418 年，黎朝太祖黎利，在蓝山起义之前，巧合地得到 一个剑身，上刻“顺天”二字。后来又捡到一把剑柄，拼在一起特有力量。黎利就用这把宝剑打败不少敌军，后来成为国王，建立了黎朝。

10 年后，有一天黎太祖在绿水湖上游船时，突见一只金龟浮出水面，游向船边，对黎太祖说：“敌军已被打败，请大王还我宝剑。”话一说完，黎太祖腰部的宝剑突然摇动，掉到金龟嘴里，金龟于是含着宝剑往湖底潜去。黎太祖与群臣非常惊讶，以为是神仙现身，把金龟称为“神金龟”，为了表达对金龟的尊敬，湖名从此被改为“还剑湖”。

读到这段传说的时候，我站在了湖中间的栖旭桥上，探着身体期望寻找神龟的踪影。

栖旭桥是横卧在湖中间的一座朱红色木质结构桥，连接着湖中玉山岛，玉山岛呈圆形，因看似玉石而得名。岛上有一座古寺，名为玉山祠。玉山祠是崇祀佛教和越南民间的神祇，祠内楼台水榭一应俱全，还有许多标着汉字的楹联，俨然是一座中国古典式园林的风貌。

在玉山寺的山墙上，阮朝文人阮文超书写的“福”“禄”两个行草大字，气势磅礴，给人一种喜庆的感觉。河内受到更多来自中国的影响，无论是古建筑上的汉字牌匾，还是无处不在的生活细节，都令中国游客感到几分亲切。

适逢越南春节假期，前来玉山祠上香拜神祈祷的人很多，香火十分旺盛，我见祠内神像与我家乡潮汕的神很相似，于是也上了炷香，祈求新的一年家人安康。

## 三

接着出发前往下一站，河内文庙。

文庙，据说完全按照中国曲阜文庙的格局建造而成，现有建筑大部分是 17 世纪李朝建造，坐北朝南，门外立有下马碑，前院有一个静如镜的水池。整个建筑群由五组院落组成，代表中国文化中“金木水火土”五行和“仁义礼智信”五德。在大成殿正中供奉着孔子及其弟子的塑像，在孔子像上方高悬着一块写有“万世师表”四个大字的汉字匾额，匾上注明是“康熙御书”。

大量的中国元素，如果不是看到越南文字写的一块告示牌“每人进庙只准烧一炷香”，我简直难以相信自己身处越南。

河内文庙唯一与中国孔庙不同的是，在大成殿的后面还多了个殿，专门供奉越南的儒学大师朱文安，他对越南儒学的发展做出了巨大贡献，地位等同于中国的朱子。

文庙以存有“进士碑”而闻名，一只只活灵活现的石龟昂着头，驮着一块块雕工精细的进士碑，是越南第一所国学大学。越南与中国有着千丝万缕的关系，在宗教信仰上，除了佛教、基督教、天主教、伊斯兰教，还有中国的道教。在文化方面，中国的儒家文化和思想，对越南现在的主流社会产生了深远的影响。

现在，河内许多的中小学生在中考或高考前，都要到文庙参拜，毕业时也到这里举行纪念活动。每年春节期间，河内都要在文庙举行隆重的祭孔活动，包括祭孔典礼、汉字书法展、绘画展、吟诗等。这期间，文庙成为河内最为热闹之地。

## 四

短短三天的越南河内之行，让我对这座与中国颇有渊源的城市有了一个初始印象。

对比河内与泰国北部城市清迈，有许多相似的地方。清迈，美好的不像是人类生活。本地居民已经搬离，到城外去住高楼了，所有剩下的都是游客，已经无法体会当地的生活气息了。但河内不同，我是和老百姓住在一起，可以强烈地感受到他们的文化和市井生活。

总体上说，越南人对于生活比较“随遇而安”，不争论、不计较，与世无争，乐观豁达，这或许也是越南人独特的生活哲学。似乎即使回到了现实生活中，面对着生活中的问题，自己也可以学越南人耸耸肩微笑道：“一样一样啦。”

回国之后，才知道法国作家杜拉斯的《情人》的故事，原来与河内相关。可惜的是，我并没见到书中写到的那般浪漫。

人这辈子，不过是场长达两万多天的旅行，从灵魂与躯壳际遇之时就开始。行走在不断叠加的浮华中太久，难免会滋生乏味厌倦的心理，这时，短暂的逃离或许是一种难得的调剂。而河内这座不那么现代的城市，恰好为我提供了一个暂时放慢脚步的空间。

在上下班高峰期，这倒成为靓丽的风景线，大街上挤满了摩托车和自行车，汽车处在摩托车的包围之中，就像是漂浮在摩托车洪流里的小船。

# 曼谷郑王庙

我双眼紧闭，静静地回味着这一段两百年前的故事，思绪穿越回那个烽火连天的年代，与英雄对话，体会穿越时空的美好之旅。

## 一

一直神往曼谷郑王庙，一方面是好奇华人领袖郑信在泰国历史上的传奇故事，郑信的祖籍广东澄海，与我同是潮汕人，同样姓郑，颇有渊源；另一方面郑王庙无疑是曼谷最美的寺庙，不仅因其位于河滨的位置，还因它的设计与曼谷的其他寺庙截然不同。

最近几年，我每年都会去一趟曼谷度假，但总是错过郑王庙。2019 年十一假期，我决定专程为郑王庙前往曼谷。

郑王庙位于湄南河西岸吞武里一侧，几乎位于卧佛寺的斜对面，从 Sapphan Taksin 轮渡码头搭乘渡轮只要几分钟就可到达。我选择下午前往，然后归程可以欣赏湄南河日落黄昏的美景。

郑王庙雄伟地矗立在湄南河边，由五座一模一样的佛塔构成，其中一大四小。主塔高达79米，高耸入云，又被誉为泰国的“埃菲尔铁塔”，是曼谷闻名世界的地标之一。就建筑风格的美轮美奂和精湛的建造工艺而言，郑王庙被许多人认为是泰国最美丽的寺庙之一。从河对面远观，你会被它恢宏壮丽的景致所吸引，走近仔细欣赏，你又会惊奇地发现，它与中国竟然有着许多渊源，有非常多的“中国元素”。

五座塔都是以素色为主色调，在每一层塔之间镶嵌着碎石片和陶瓷片，还有许许多多的牛马鬼神浮雕，仔细观察会发现这些小物件，充满了中国风格。

明清时期，虽说闭关锁国，但海外贸易并非完全停止。中国官船常常批量将中华的瓷器茶叶等商品运往东南亚销售。郑王庙上镶嵌的碎瓷片纹路清晰，花鸟工笔手法痕迹随处可见，应该原产于中国。

郑王庙主塔周围均匀分布着四条阶梯，顶部的每一面都有壁龛，供奉骑着三头白象的天神之王因陀罗的雕塑。塔的每一层也都会有守护神，有武神，有动物也有文官和夜叉。浮雕上我们也可以看到其中的中国元素，自然联想到《山海经》里面的奇象。

郑王庙不算是热门景点，所以游客并不算多。我与同行的伙伴尝试攀爬佛塔，楼梯很陡峭，但有扶手帮助平衡身体。愈往上爬，难度愈高，但风景同样愈发别致，我有恐高症，但依然鼓足勇气想挑战一次自己，尽管心脏“怦怦怦”直跳，仿佛要跳出来似的激烈。

近距离观察塔尖，发现外表均用小块彩色玻璃装饰，并别出心裁地以错综复杂的形式铺上中国琉璃瓦。到达最高点后，发现眼前的一切美不胜收——你可以看到蜿蜒的湄南河、大皇宫以及对面的卧佛寺。

享受了落日黄昏的湄南河美景，时间已差不多，开始准备回程。下来和上去一样，都不容易，我小心翼翼，生怕踩空了掉了下去。

## 二

来到郑王庙前，我已做足功课，仔细研究了它的历史，以及主角郑信的英雄故事。因为这些准备，当我亲身体验郑王庙的一砖一瓦，一草一木时，内心都产生强烈的共鸣。

始建于 1768 年的郑王庙，又叫黎明寺，两个名称都与泰国的第 41 代君王郑信（又称“郑昭”）有关。郑信有一半的中国血统，祖籍是广东潮州府澄海县华富村。

雍正初年，郑信的父亲郑达，远渡南洋，来到暹罗（现在的泰国）。此时的暹罗正处于阿瑜陀耶王国末期，有 400 年的历史。当郑达来到暹罗的时候，王国已经濒于灭亡。实力派贵族割据一方，官员腐败，军队无能，人民被沉重剥削，生活艰难。

郑达来到暹罗以后，凭借着潮汕人吃苦拼搏的精神，加上天生的经商智慧，很快发达起来，并成为京城的大财主，还被国王赐予的“坤拍”爵位。这期间，郑达娶了泰国妻子洛央，并于 1734 年生下了郑信。

可惜的是，在生下儿子不久，郑达染上了重病，很快就去世了。当时泰国财政大臣拍耶节悉前来吊丧，发现郑信长得非常可爱。大臣家里没有孩子，于是收养郑信为养子。由此，郑信意外地成为泰国大贵族少爷。

大臣对郑信十分宠爱，视如亲子般培养，并安排郑信接受了泰国贵族子弟的各种教育。而郑信天赋异禀，他很快从众多贵族少年中脱颖而出。他文武双全，能够自己编写剧本、诗、歌等文学作品，还精通律志与兵法，骑术高明，精通多种武器。

郑信 13 岁时便成为御前侍卫，23 岁从僧侣还俗后成为行政官员。因为养父的关系，郑信很快被封为贵族，又被任命为首都的主要军官之一。可惜，郑信还没有来得及去首都上任，缅甸人就杀进来了。

彼时的暹罗内忧外患，疆土分崩离析。郑信对内要收复疆土维护国家统一，对外要抵御缅甸入侵。在他顺着湄南河而下，看到旁边坐落着一座高耸入云的寺庙时，恰逢黎明缓缓降临，郑信觉得这是一个好征兆，他肯定能够功成名遂，凯旋而归。果然，他成功击退了入侵者，统一了暹罗，建立“吞武里”王朝。后来，人们为了纪念郑信，便把这座寺庙称为“郑王庙”或“黎明寺”。

郑信身上有着一半中国血统，他登上王位后，便渴望与母国建交。但是乾隆皇帝觉得他一个华裔到别国建立政权完全不符合理法，没有同意，还递国书批评他，原话是：“与暹罗国王宜属君臣，今彼国破人亡，乃敢乘其危乱，不复顾念故主恩谊，求其后裔复国报仇，辄思自立，并欲妄希封敕，以为雄长左券，实为越理犯分之事。”但是郑信始终没有放弃，不断托人递国书，递了 13 年，乾隆被他的诚心感动，最终承认了吞武里王朝。

广东潮汕澄海乡间流传一个“十八缸咸菜”的传说。相传郑信建国称王的时候，家乡专门派人前往泰国相贺。乡人临走时，郑信赠送了 18 缸礼物，叮嘱乡人回去后分赠父老乡亲。众人回到船上急欲知道郑皇所赠的是何物，打开缸盖只见缸缸都装满咸菜，众人一气之下便把这些陶缸扔到了海里，只带回其中一缸。

回到家乡，大家都来看郑皇的礼物，把缸中之物倒出，只见上面是一层咸菜，下面全是闪闪发亮的金银珠宝。原来郑皇怕乡人路上遇到海盗，便在缸口盖上咸菜以掩人耳目，乡人见状懊悔不迭。这最后一个咸菜缸还保存在郑氏族人的家中，族人当它是传家之宝，轻易不拿出示人。这是一个大肚小口的棕色大陶缸，缸身布满螺旋样凸起的花纹，与惯常所见的咸菜缸大不一样。

这是坊间流传的久远轶事，无论历史真相如何，郑信身上都流淌着华人的血，是一位文武双全的英雄人物，更是泰国历史上少有的备受尊崇的大帝。直到今天，泰国人对郑信都是十分尊敬的，泰国每年 12 月 28 日为“郑皇节”，用来纪念驱逐缅甸侵略者的郑信大帝。

## 三

离开郑王庙，坐上了过河的渡轮，已近黄昏，眼前的一切，仿佛是梦境一般。我双眼紧闭，静静地回味着这一段两百年前的英雄故事，思绪穿越回那个烽火连天的年代，与英雄对话，体会穿越时空的美好之旅。

在这两百多年的时空穿越中，人仿佛有了两个“自我”，一个“自我”是来到这世界上去奋斗，去追求，也许凯旋，也许败归；另一个“自我”是含着宁静的微笑，把这遍体汗水和血迹的哭着笑着的自我迎回家，把丰厚的战利品指给他看，连败归者也有一份。

世界无限广阔，诱惑永无止境。然而，属于每一个人的现实可能性终究是有限的。你不妨对一切可能性保持着开放的心态，因为那是人生魅力的源泉，但同时你也要早一些在世界之海上抛下自己的锚，找到最适合自己的领域。

人的禀赋各不相同。一个人无论平凡还是伟大，只要他顺应自己的天性，找到了自己真正喜欢做的事，并且一心把自己喜欢的事做得尽善尽美，心怀感恩，他在这世界上就有了牢不可破的家园。

这是郑王庙以及郑信大帝带给我的启发和思考，希望与读者共勉。

人的禀赋各不相同。一个人无论平凡还是伟大，只要他顺应自己的天性，找到了自己真正喜欢做的事，并且一心把自己喜欢的事做得尽善尽美，心怀感恩，他在这世界上就有了牢不可破的家园。

# 第五篇

## 创业

# 跨界论道：创新与创业

2019年12月9日，首届全球创新创业大会GCIE在深圳举办。华董汇作为主办方，我们特别安排了一次跨界论道“创新与创业”，参与对话的有原国家外经贸部副部长龙永图部长、央视主持人白岩松老师、金蝶软件创始人徐少春以及柔宇科技创始人刘自鸿，而我有幸担任对话的主持人。对话的主题围绕着企业家与国家及时代的关系、企业创新、创业的苦与乐等，作为一次跨界的大咖对话，每个人都从自己的角度和高度提出了对这三个问题的独到见解，直指人心。

郑义林：非常感谢四位嘉宾，创业对一个国家来说非常重要。从国内的经济和社会各项政策来看，坚持对民营经济的支持，这对中国具有战略性的意义。今天第一个话题与家国情怀有关，“国”是祖国的国，“家”是企业家的家，我们先来谈谈企业家的使命、梦想、责任与担当。

龙永图：我们中国有一句老话叫做“大势所趋”，以及“时势造英雄”，这个时代成就了新一代优秀企业家，大家可以设想如果没有改革开放，没有1978年这样一个中国历史性的大变革，我们今天多少优秀的企业家可能还是一个农民，可能祖祖辈辈在种田。

昨天我和深圳宝安的一位企业家吃饭，我看到他现在那么成功，我非常高兴，我想如果没有改革开放，也许他现在就是宝安的一个普通农民。现在他非常成功，所以我觉得没有我们这几十年的改革开放，哪有那么多企业家，确实是时势造英雄。另外，白岩松老师讲的科技创新，全球化是由科技创新推动的，如果没有互联网也就没有马云和马化腾。

所以，我们今天的时代还是要讲“大势”，国家的大势和全球科技发展的大势。另外我们中国还有一句话叫做“事在人为”，为什么有了互联网就出现了马云、马化腾？在座的很多人为什么不是？这说明还是事在人为，就像我们说的到底是时代成就了企业家，还是企业家成就了时代，相互之间的良性互动是非常重要的。

**郑义林：时代成就了企业家，企业家也造就了一个时代。白岩松老师您今年主持了国庆 70 周年的报道，您从媒体的角度怎么看待企业家和时代的关系？**

白岩松：我觉得我们这一代人是相当幸运的，从 1949 年到现在没有发生大的战争，这 70 多年是人类历史上比较和平的，这恰好给了我们快速发展的机会。然而今天，你会发现另一场战争已经开始打响了，那就是经济有 AB 面，经济的 A 面是民生，B 面是战场。

经济领域，品牌是生活质量的提升，同时也是武器。你说美国强，是算 GDP 的总量吗？当然不是，是很多领域拥有垄断和领先世界的品牌，在帮助美国重新占领这个时代的阵地。

对于中美贸易战，很多人感到焦虑，我认为焦虑的同时，我们要看到这也是一种肯定。你如果没有这个能力的话，别人为什么要和你打贸易战？30 年前是没有这样的战争的，从这个角度看，企业家要知道“家”与“国”是联系在一起的，表面上你做好了一个企业，其实是服务了千千万万个家庭，你让这个国家有了无形的战斗力，而且中国有很多品牌已经开始走向世界。

我认为，美国打击华为，是华为的骄傲，也是中国的骄傲，接下来才是我们怎样面对的问题。改革开放 40 年来，企业家已经成为国家的栋梁和经济发展重要的推动力，企业家要感谢国家，感谢这个时代。这两年，中央层面也通过政策在肯定和感谢企业家，所以说“一个好时代是一个彼此感谢的时代”。

**郑义林：彼此感谢，彼此成就。我们接下来听听金蝶国际软件创始人徐少春先生的观点。**

徐少春：1988 年我来到深圳，那一年 25 岁。今天金蝶取得的成绩，首先要感谢深圳，要不是深圳这个创新的土壤，我们就没有今天；感谢祖国，因为祖国给我们提供了一个好环境、好政策；感谢这个时代，我们所取得的任何一点成绩，都是这个时代赐予的。

我抱着深深的感恩之情，如果国家有需要我们做贡献的时候，我会毫不犹豫地把一切都贡献出去；今天我们取得了成绩，未来我们还想取得更大成绩，一定要和国家同频共振。

其实，我现在还在创业当中，而且经过这么多年的创业以及内心的改变，我发现这种创业的信心更加坚定了，因为我对我们的国家充满信心。

郑义林：徐总虽然头发白了很多，但是却永远是在奋斗和创新的路上。我们刘总是 2009 年拿到了美国斯坦福大学的博士学位，后来到了中国的核心城市走了一圈，又来到了深圳。在回国前刘总在美国已经拿到了很好的待遇，现在已经过去这么多年，您有没有后悔？当时是什么初心回国创业的？

刘自鸿：从来没有后悔过。我是 80 年代出生的人，我们这一代人非常幸运。80 后是跟随改革开放成长的一代人，后来我考上了清华，然后又去了美国留学。在美国的时候有一些事情我印象非常深刻，2009 年我在毕业之后去了纽约，在 IBM 总部工作，IBM 的研究中心在一个比较荒芜偏僻的地方，周围非常安静，适合研究人员独立思考。

那段时间，每逢周末的时候我会开车大概 40 分钟到达时代广场找朋友聚会。时代广场每一年跨年的时候会倒计时，那一刻很多人非常兴奋和激动，而我关注的是时钟塔上的品牌，有索尼、三星以及欧洲和美国的品牌，唯独没有中国的品牌。那个时候我就在想，如果有一天我有机会做一个事情，让全世界在这个地方看到我们中国品牌的名字，那将是一生当中非常骄傲的事情。

2010 年底，我回了一趟国，14 天去了 7 个城市，从北京到上海到苏州和无锡，最后来到了深圳。那是我第一次来到深圳。南山科技园咖啡厅的场景让我印象深刻，很多年轻人热火朝天地讨论创业，周末的停车场是满的，我想这就是我们创业所需要的激情。后来进一步了解深圳的知名企业后，我想深圳是非常好的创业城市，珠三角拥有全世界最好的产业链，所以我最终选择了深圳。

7 年过去了，我个人对很多东西的认知成长了。当然，最重要的一点是有幸在中国这么大的一个支持科技创新、高端制造的大潮当中，我们年轻人有机会大胆地去尝试和拼搏，如果没有这样的时代背景，可能柔宇这几年也没有机会做这么多从 0 到 1，从 1 到 N 的事情。今天我们依然面临许多挑战，但是我们充满信心，我们会继续奋斗下去。

郑义林：谢谢刘总的真情流露。我们谈谈创业的苦与乐，最近的 10 年中国发生了剧变，以前我们手机是用来发短信打电话的，但是今天已经发生巨变，当很多企业都没有搞清楚 4G 的时候，5G 时代已经来临，这种“快”让很多企业家感到焦虑。龙部长，您是怎么看待当前的困难和焦虑？

龙永图：应该讲最近我们的企业家碰到了相当多的困难。首先是中国经济下行的压力，我们正在从一个高速增长的时代走向一个中低增长的时代，我们正在从一个特别注重速度走向一个重视质量的时代，整个大的经济目标发生了重大变化。过去很多企业习惯了每年 10%、20% 的增长，现在不出现负增长就算不错了。

我们遇到了困难，我们说还要维持过去10%、20%的增长，国家怎么承受？资源、环境各个方面怎么承受？我们应该习惯于中国重质量低增长的时代，现在虽然不太强调GDP，但是各个省、各城市之间还在进行GDP竞赛，这种惯性思维短时间内是很难消除的，更何况是每一个企业家过去长期的思维，但现在确实需要改变。

另外，我觉得我们中国过去长期高速增长的时候，确实出现了很多问题，比如我们现在很多企业家都有一种“土豪”的感觉，也许你自己不觉得，但是外部看来就是有，而且我们国家到处充满了浪费和华而不实的东西。

很多城市都有非常多无用高端的建筑，搞一个运动会就会建一个非常大的体育馆，有非常高级的图书馆，而且这些图书馆都建在远离市区的地方，我们许多二三线城市的酒店建得非常奢华，过去我们干了很多无用浪费的事情，我们要反思造成的资源浪费。

所以，我希望慢下来，好好地进行一些思考。我觉得如果这是一种焦虑，这是一种困难，这是一种困惑的话，我觉得是应该的，因为我们思考的东西太多了，就像我们用很快的速度跑了1000米之后，我们现在慢下来有很多地方值得思考。

郑义林：龙部长的话很值得大家反思。白岩松老师，您是如何看待创业的苦与乐的？

白岩松：我们说走得再远，别忘了初心。“不忘初心”浓缩了这个意思，我以前引用了一个墨西哥的谚语说“你走得太快，停下来等等你的灵魂”。我们一味地快，但是只是跟随，这才是问题，我们思考的慢不是要慢下来，而是以另外一种方式快，只有慢下来你才可以思考如何引领。

对于中国大部分的企业，他们在迎合和满足人的需求方面已经做得非常好。但是我特别期待未来的企业更应该思考的是如何创造需求，创造需求才会在大坛子里面拿走更多的增量。过去你兜里有十块钱，增长是 10%，现在你兜里是 1 万块钱，增长是 5%，增速下降了一半，但是你的盘子大了。

现在我们 90 万亿的体量，你没有听过美国说 5% 的增长，因为他们是 100 多万亿的体量，所以我们需要考虑的是怎么把自己的盘子做大。我们在相当长的一段时间里是跟随者，比如我们生活当中很多的需求是被创造出来的。

原来我们没有想过，乔布斯在 2007 年之前一直想着人最便利的工具是手指，怎么利用手指更加便利？这样的一个思维家以及对艺术的迷恋再加上自己的失败经验，最终有机会诞生了苹果，苹果启动了这一轮世界的加速，没有便捷的移动设备，我们很多东西无法实现。

所以创造需求是现在所有企业家最大的问题，同样是吃饭和穿衣，你能不能创造新的需求？同样还是要穿衣服，但是需求被改变了，我们的汽车还是汽车，但是现在是电动车替代汽油车，下一步是自动驾驶。

所以，慢下来，思考如何创造新的需求。不要焦虑，你越焦虑，就越跟不上。

郑义林：徐总说所有的快乐都是创造的快乐，徐总已经创业 26 年了，中间是苦多一点还是快乐多一点？您怎么看待当前的创业环境？

徐少春：苦和乐，一种是“苦中苦”，一种是“乐中乐”，当我们找到了初心和清澈的良知的时候，你就处在乐之中，不管外面发生什么变化，你的心一直在一个自在、愉悦的状态，我就很享受这个状态。刚刚白老师讲我们企业过去无中生有做得比较多，有中生无做得少，其实中国人做一些颠覆性的创新还是可以的。毕竟这么深厚的文化功底，苹果在西方称为设计思维，把现有的材料和技术组合出来，按照一种新的创意进行设计，这不就是苹果手机吗？

苹果手机里面所有的技术都是现成的，只不过赋予它新的思维和哲学，诞生了一个新的手机。所以我觉得我们中国企业家需要倡导哲学思维，拥有了哲学思维就可以看清问题的本质，就可以拥抱更多的设计思维和创新思维。这样的话，不但没有焦虑，而且常常会感到快乐。

郑义林：柔宇科技过去几年做的事情常常不被外界理解，也有很多质疑的声音，每次刘总您还是十分的淡定。作为 80 后的创业者，您觉得苦吗？今天借这个机会，您也和大家谈谈您内心的思考。

刘自鸿：所有的创新都不会是一帆风顺的，越是创新的东西就有越多的人不理解或是看不懂，这也是很多人为什么不愿意创新的原因，但是所有人这样想，没有人去做创新的话，世界的边界就不会被拓展。过去我们一直坚定地相信坚持科学的道路和科学的真理，这个方向是对的，只要有时间的沉淀，理想最终会变成一个个现实。

我们开始创业的时候，柔性屏在全世界还没有。我们创业的时候，人家的第一个问题是柔性屏真的可以做出来吗？我们面对很多的风险投资他们都是质疑的，你习惯了就好了，总有人选择相信我们。

后来我们真的做出来了，2014 年我们的产品出来了，然后又有人说这个东西做出来了，能不能量产，能不能用得上，这个过程也很痛苦，因为你要开始用你的知识和各种各样的资源帮助实现从 1 到 N 的过程，这个和从 0 到 1 的挑战是不一样的。

去年 6 月 6 日，我们开始了量产。那天晚上凌晨一点我们都在庆祝，我一个人跑到园区外，蹲在路边，望着这个大楼，我坐了许久，有的时候我也不相信这么大的一个园区是我们三个人创造出来的，并且在那么多人不相信柔性屏技术、不相信可以量产的情况下做出来的。此时，过去的所有痛苦和不理解都不重要了，你会觉得真的很爽很快乐。

今天我们还在探索，比如我们的柔性屏怎么用在折叠手机上，怎么用在汽车和飞机上，怎么用在时尚行业和智能家居上。探索的过程很辛苦，但我们的团队还是很快乐的，因为我们在不断地探索未知。这样创造的过程会让你感受到很多的快乐，所以创新创业一定是痛并快乐着的，我的感受是快乐更多。

**郑义林：第三个问题是关于创新的，我想问徐总，您是一个不断颠覆自己，不断在创新路上奔跑的人。一个人创新容易，但您是如何做到让整个团队持续保持创新的？**

徐少春：这个问题非常好。早期创业的时候是让自己表现得多么的优秀，当然我早就过了这个阶段，现在是怎么让我的团队优秀，帮助他们成长，这个是我考虑最多的。所以这几年当中，大家看到金蝶提供的企业云服务，其实这几年我们孵化了好几个创新项目。

比如，我们投资孵化了中国最大的快递查询平台，把全中国所有物流信息整合在一个平台上，不管是什么快递公司，到这里都可以查询，还有我们面向大型企业的移动办公等，其实我们成立了很多创业小团队，让员工持股，我由一个创业家，变成了一个内部的投资家，让员工自己当老板，这个是我做的一系列尝试，是一种创新，一种快乐。

**郑义林：白岩松老师刚刚讲了很多关于创新方面的观点，现在是竞争与合作并存的时代，您给在座的各位企业家谈谈您是如何看待创新的？**

白岩松：第一点是要始终保有对未来的好奇心。最近这些年，有相当多的企业在迎接新技术的挑战中已经变成了另外一家企业，而且变得更加优秀。比如，刘总在美国留学的时候知道，全世界最大的超市可能就是一个超市的概念，现在这个超市已经变成了集大数据和云计算的杰出企业，而且这个过程当中又是一个电影的投资者，成了一个影视公司，是全美的前五。

第二点是知识正在贬值，智慧正在升值。大家抨击现在的教育是以知识传授为主，但是知识不能变成能力，不能变成更好的生活方式，尤其不能变成应对变化的思维方式。知识对考试有用，一旦换成生活和创造力就没有用了，现在互联网时代知识非常的贬值，你想知道任何一个事情搜索一下就可以了，知识已经不是过去我们所相信的“知识就是力量”了，知识现在不是力量，谁会整合知识变成智慧形成行动能力才是力量。所以，我经常提醒自己必须要有终身学习的能力。

最后一点，我特别认同徐总关于哲学的说法，我希望中国的政治家到学生，企业家到媒体人都要把一件事当成最重要的事，研究人和研究人性，所有的事情最后的核心都是围绕人和人性做文章，一个企业家要想成为好的企业家，一定是读懂人和读懂人性的，所有的新产品都有一个特质：满足人喜欢懒的特征。

以前我们看电视还有遥控器，现在直接喊“几频道”就可以了。人只要可以懒就一定会懒，你只要让人更懒，人就会买单。你只要成为一个人性的研究者，你的企业一定会好！

**郑义林：最后请几位嘉宾老师，每个人用一句话描绘十年后的世界和十年后的自己。**

刘自鸿：从我出生开始，我的身边就围绕各种各样的改变，PC、互联网、智能手机，未来万物互联会改变我们所有人的生活方式，万物互联的世界当中，我们的衣服、鞋子、皮革、桌布可能都会变成有生命力的物品，这些物品将来都有机会被连接，和我们交流。

这样的过程当中，人机交互技术会无处不在，你再看这个世界，很多的地方不是平的，也不是方方正正的，可能是曲线的。

未来会有更多柔性的东西，我相信柔性屏会变成我们生活当中一个非常重要的组成部分，这个也是为什么我和我们的团队一直没有改变前进的步伐和决心。

这里我和大家分享三句话，相信真理的力量，相信创新的力量，相信时间的力量，谢谢！

徐少春：未来10年，我想我们看到的不仅仅是中国有形的电子产品出现在国外各大商场，而且可以看到中国的管理软件带着中国的文化在世界崛起，这个是金蝶的使命，也是我个人的使命。

白岩松：我希望十年后柔性的不仅仅是屏幕，其他也是柔性的，人和人的交往是柔性的，教育也是柔性的，世界的墙在拆。

十年后，我62岁退休了，我会做与人的“心事”有关的事情。因为技术快速的发展，人们的“心事”会快速的增多，现在国人每6个人当中就有1个有心理问题，所以当大家研究火箭的时候，我回到研究心灵的工作上来。

龙永图：十年之后中国还是一个伟大的社会主义国家，希望在这样的一个中国经济转型的伟大又艰巨的时代，我们可以更多担当；人是最重要的因素，一定要发扬我们过去几十年来这种拼搏、担当的精神。我希望我们的企业家在遇到困难的时候，要有信心，永不放弃，要对我们国家有信心，对世界有信心，对前途有信心。

十年后，世界上会出现一个更加强大的中国，我相信这一天。

首届全球创新创业大会 GCIE 对话环节现场

对话主持人、本书作者郑义林

柔宇科技创始人刘自鸿

金蝶软件创始人徐少春

原国家外经贸部副部长龙永图

央视主持人白岩松

首届全球创新创业大会 GCIE 活动合影

# 华为团队工作法

“人才不是企业的核心竞争力，对人才进行有效管理的能力，才是企业的核心竞争力。”

——任正非

## 一

春节假期，有时间认真读了吴建国老师的《华为团队工作法》，十分实用，尽管我们大多数中小企业与华为的体系无法比拟，但书中所提的观点和方法却大道相通。

简单说，这本书是以华为为例，来讲高质量管理人才。吴建国老师于 1996 年入职华为，熟悉华为的人都知道，正是在第二年，也就是 1997 年，华为开启了长达 17 年的持续管理变革，而人才管理变革又是重中之重。吴建国被任命为华为人力资源副总裁，是构建华为人才管理体系的核心成员。

如今很多企业家都在说，人才是企业的核心竞争力。而任正非却说：“人才不是华为的核心竞争力，对人才进行有效管理的能力，才是企业的核心竞争力。”

这句话点出了问题的根本，很多企业不是没有人才，而是人才来了之后你不会用，不能把人才资源转化为强大的价值创造能力，所谓“用不好、长不快、调不动”；还有的企业，一开始团队很有战斗力和凝聚力，但走着走着人心就散了，或者组织就僵化了，失去了持续进化的能力，这是最要命的。

所以说，不是人才，而是对人才的有效管理，才是企业的核心竞争力。但是，如何才能有效管理人才，这又是一个大问题，很多企业家都感到头疼。大把大把的钱投进去挖人才、做培训、搞激励，但这些动作的效果到底好不好、投资回报率高不高，是一笔糊涂账。当然，这跟人力资本的高度复杂性有关，也确实没有一劳永逸的解决办法，好的人才管理一定是个动态优化的过程。

吴建国说，这些年他做人力资源的管理咨询服务，就好像是医生在门诊部看病，结果来问诊的病人实在是太多了，几乎每个企业都在人才管理方面踩过大大小小的坑，而作为“医生”他只能挂一漏万。于是，吴建国决定把他在人才管理方面总结出的方法论写下来，让更多的企业家了解到，标杆企业目前是怎么做的，自家还有哪些改进的空间。

**吴建国把华为的人才管理之道总结为三个核心动作，一是精准选配，二是加速成长，三是有效激励。**

## 二

首先来说人才的精准选配，其实就是搭团队的过程。说起搭团队，我们一般关注的都是“进人”，也就是怎样选拔人才。

这确实很重要，但我们往往忽略了另一面，就是“出人”，也就是人才的退出机制。如果人才只进不出，特别是管理层如果没有合理的流动、淘汰、退出机制，那组织就一定会陷入僵化。所以，要搭好团队，人才的“出”和“进”同样重要。

下面先来说“进”。

进人的原则就是要精准识别人才，把合适的人放在合适的岗位上，实现能力与岗位的匹配。这事儿看起来好像很容易。很多老板也自认为，自己阅人无数，慧眼识人不是问题。但吴建国提醒我们，这其实是一种错觉。据美国管理协会调查，美国企业的人岗匹配率只能达到50%。通用电器的传奇CEO杰克·韦尔奇说，自己花了30年时间，才把人才甄别率从50%提高到80%。而目前中国企业的人才识别率，普遍只有30%左右。

那么，“识人”这件事到底难在哪里呢？其中最关键的问题就是，招聘过程中，面试官很容易落入“第一印象陷阱”。如果应聘者一开始就获得了面试官的好感，那么在接下来的谈话中，面试官就会主动去寻找证据来支撑他最初的印象，从而感情用事，形成误判。这种情况在心理学上有个词，叫做“认知不协调”。

那华为是怎么做的呢？就是通过建立判断人才能力的客观标准，来尽量减少面试官面试时的主观性、随意性。具体来说，华为做了三件事：第一，确定重点岗位的关键职责和关键能力素质要求，然后根据能力要求来客观评估候选人；第二，设计每个不同岗位的面试问题，建立面试题库；第三，对公司所有可能担任面试官的人员进行培训，考试通过后持证上岗。经过专业培训的面试官，肯定会对“第一印象陷阱”有所警惕。做完这三个动作以后，华为的人才识别能力产生了质的飞跃。

这里说的只是人才识别的一个方面，也就是能力识别。能力够了，是不是就合格了呢？还不够。中国人向来强调“德才兼备”，除了有才，还必须有德。而这恰恰是很多企业忽略的地方。很多人认为，在企业里谈道德，太虚了，而且一个人有没有“德”，面试时也很难看出来，所以干脆就不考察这个方面了。这会带来很大的问题。

其实，企业里的“德”不但不虚，而且非常重要，其实就是企业文化和企业核心价值观。一个人如果不认同企业文化和核心价值观，那么他的能力越强，给企业带来的破坏性越大。把这样的人招进来，就等于是给企业埋下了一颗定时炸弹。我们都知道，华为在这件事上吃过大亏。

价值观这么重要，那么，在面试时到底能不能有效识别呢？虽然未必精准，但还是可以初步判断的。比如，华为的核心价值观就两条，一是以客户为中心，二是以奋斗者为本。要做到以客户为中心，那么前提就是这个人必须有利他之心和同理心，善于站在别人的角度去思考问题，而不是凡事以自我为中心。那如何考察这一点呢？如果是刚从大学毕业的新人，那面试官可以问他：你如何解决与父母之间的一次重大冲突？或者，你如何从失恋中走出来？从应聘者的回答就可以了解，他是更倾向从自己的角度还是从对方的角度来思考问题。同样的道理，如果是有工作经验的人，那面试官可以问他，有没有遇到过客户提出不合理要求？他是怎么处理的？等等。

总之，在进人阶段识别人才时，需要从能力和价值观两方面去考核，而且要以价值观为先。

说完了“进”，我们再来谈“出”。吴建国说，有的企业家喜欢在办公桌上摆个貔貅，据说貔貅“只进不出”，象征着财源广进。但如果从人才新陈代谢的角度看，人也好，企业也好，如果“只进不出”那就坏了。华为当初在找 IBM 做咨询的时候，员工的总离职率是 5%。当时大家的反应是，必须要想办法降低核心骨干员工的离职率。而 IBM 的咨询顾问却告诉他们，错了！5% 的离职率是太低了而不是太高了。国际领先企业中，知识型员工的离职率在 10% 至 20% 的区间才是合理的。

在高速成长的企业中，最容易出现的问题，就是初创期的元老们躺在功劳簿上吃老本，占据高位，拿着高薪，却不能跟企业一起成长、不再为企业创造价值。这时候怎么办呢？如果直接“干掉”，那未免有兔死狗烹的嫌疑；但如果让这些“大爷”们继续在公司混日子，那会极大地打击团队的整体士气。这个问题在华为也特别严重过，很多老员工的收入大头是虚拟股权的分红，对工资奖金根本不在意，这就与华为“以奋斗者为本”的企业核心价值观冲突了。

针对这种情况，华为对干部队伍建立了“能上能下、能进能出”的动态管理机制。吴建国说，这一点是华为人才管理的精髓，但也是最难学的。所谓“能上能下”，就是干部既可能升职，也可能降职，华为干部“三起三落”甚至“七上八下”的例子有很多。华为曾经有一位高级副总裁，原本指挥千军万马，后来因为犯了严重错误，被降职为项目经理，成为当初自己下属的下属的下属，手里只有三个兵。

管理团队除了要“能上能下”，还要“能进能出”，建立干部退出机制。一说到退出，我们一般想到的就是裁员，其实除了裁员，还有很多退出的方式。在华为，主要采用这么几种方式：一是提前退休。这好理解，就是给“老人”们一笔补偿款，让他们提前退休腾出位子；二是转岗。就是把管理者转为公司顾问，让他们以专家顾问身份为公司建言献策，但是没有管理决策权；三是用辅业来分流。像华为就成立了一家做企业商旅的公司，用来分流公司元老；四是内部创业，公司对离职员工的创业项目进行投资和扶持，这对公司和员工来说是双赢。

国产手机 OPPO 的经销商团队之所以那么厉害，就是因为很多经销商就是由 OPPO 前员工内部创业来的，他们和 OPPO 之间形成了基于共同价值观的长期利益共同体。

## 三

搭好团队，实现了人岗匹配，这只是人才管理的第一步。随着企业的成长，员工的能力也必须跟着成长。或者反过来说，只有员工能力成长了，企业才能实现真正的成长。所以，人才管理的第二步，就是员工进来之后，你怎么加速他的成长。

一说到能力提升，一般想到的就是花钱搞培训，把员工送出去听课，或者把外面的老师请过来讲课。但是，这样的员工培训，很难达到预期效果。外部培训的内容和员工的实际工作不能紧密结合，员工很难学以致用；反过来，员工觉得学非所用，就没有学习的积极性和主动性，只是应付差事。打个不太恰当的比喻，如果企业只搞外部培训，就好像是父母把教育子女的责任完全推给学校和老师，而自己不参与，这显然是不行的。

实际上，对员工进行培训，是整个公司中高级管理层的重要职责，尤其是公司的一把手，必须是人才培养的第一责任人。比如，华为大学的校长就是任正非，其他人只能担任执行副校长。华为的所有高层领导，必须轮流担任新员工培训的授课讲师；而华为的所有中高层管理者，都必须获得企业培训师资格和教练资格，成为自己下属的教练员。

由管理者自己来培训员工、指导员工，最大的好处就是培训内容聚焦于实践，围绕实际工作场景，探讨如何解决工作中遇到的实际问题。引用的案例也不是那些和本企业八竿子打不着的“哈佛商业案例”，而是企业在实战中遇到的一个个真实案例。同时，还可以做到“训战结合”，也就是让员工在工作中边冲锋、边练兵。训练的最终目的，就是要让员工能上战场打胜仗。华为把这种培训方法叫做“全真教”，就是金庸小说里的那个“全真教”，意思是强调真实，从实践中来，到实践中去。

不但新员工要受培训，管理层也要受培训。比如吴建国自己，当初就作为中层干部，作为后备梯队人才，进入高层领导培养计划。先是进行两周的课堂学习，聚焦于高管需要掌握的战略思维、政策把握等；接着就进入三个月的实战训练。具体做法是，由吴建国的直接领导担任培训教练，和他进行一对一的深度沟通，找出他身上最需要改进的两项技能。然后，教练会为吴建国制定一个详细的能力提升方案，在三个月内集中突破，教练定期指导。三个月之后，再来考核他这两项能力有没有实际提升。

实践证明，这种“全真教”的培训方式非常有效，三个月之后，培训对象中有50%的人，在自己的两项改进技能上都有显著提升。而员工技能的提升又可以直接转化为华为的绩效提升，培训的投资回报率非常高。

以上说的是华为的纵向人才梯队的培养，也就是从新员工到高管层的全员成长。除此之外，华为还有一个大杀器，就是横向岗位的人才复制技术。想想看，如果你现在有 20 家奶茶店，你想在两年内把规模扩张到 150 家，那你该怎样在这么短的时间内，复制出 100 多个合格的店长呢？这个问题其实是华为的真实问题。在 21 世纪初，华为的全球业务只覆盖到了 20 个国家，而公司战略决定在 5 年内把业务拓展到 180 个国家。要在这么短的时间内，大批量复制开拓国际市场的关键人才，也就是华为内部称为的“国家代表”，该怎么办呢？

华为的做法是，把个人的成功经验提炼成标准化教材，并规模化推广。具体分三步走：第一步，在全球五大洲分别找出业绩最好的国家代表，把他们召回总部，让他们分别列出开拓海外市场的关键问题清单。把他们列出的问题一对比，就发现其中有将近 2/3 是重叠的。把重叠的部分整理为 8 至 9 个关键问题，比如关税问题、建厂问题、劳工问题、政府关系问题，等等。把这些问题搞明白了，开拓海外市场的问题就基本解决了 70% 至 80%。

第二步，把这 8 个关键问题变成 8 个培训主题，分配给 5 位国家代表，每个人负责 1 至 2 个主题的培训开发，包括编写教案、制造课件和实际登台教学。其间会有培训专家对这5个国家代表进行专业辅导。第三步就是招募学员进行实战培训，培训结束、答辩通过的员工，才可以被正式派驻海外。当这些人走上“战场”，实际开展工作时，发现遇到的大部分问题已经提前做过沙盘预演，就能做到心中不慌，有条不紊地去解决问题。

华为就是通过这种方式，培养了数以百计的国家代表，保障了华为海外业务的快速扩张。这种对成功经验的标准化、规模化复制，尤其适合于横向的、相同岗位的人才培训，而且比传统的师傅带徒弟的方式要高效得多，这是所有企业都可以借鉴的。

有了人才复制机制，企业才能够摆脱对个别天才式人物的极端依赖。对此，任正非有非常清醒的认识。

总结一下，华为加速员工成长的动作要领，就是建立一纵一横的人才培养体系。纵是指纵向人才梯队培养，由各级管理者亲自担任教练员，采取“全真教”的培训方式，促进各级员工成长；横是指个体成功经验的横向推广，快速复制符合相同岗位需求的人才。

## 四

第三个问题：有效激励。有效激励能够把人的潜能激发出来，并提高员工对企业的忠诚度。

一说起激励，我们首先想到的是分钱。网上传闻任正非曾经说过一句话：“只要钱给够，不是人才也能变成人才。”很多企业看到华为舍得给员工发钱，也学着华为大碗分金，结果不但没落好，还往往因为利益分配不均而导致员工怨声载道、团队离心离德。那到底是为什么，华为分钱就能激发员工的奋斗精神，而别人学它分钱却往往只能带来利益纠纷呢？

吴建国说，因为学华为的人，把激励的逻辑搞反了。华为员工是因为分钱多才艰苦奋斗吗？不是的。华为员工是因为先认同了华为的使命、愿景和价值观，被内在感召激励着去奋斗，而高薪激励只是辅助，是为了不让奋斗者吃亏、让奋斗者没有后顾之忧。这样，大家的注意力始终是在“战役”本身，而不会去过分关注谁多拿一点、谁少拿一点。相反，如果是采用“雇佣军”模式，给钱才上战场，那么大家的注意力肯定是在钱上，很容易为分赃不均而起纠纷。在面对强敌时，这支队伍的战斗力也就可想而知了。

所以，对员工最重要的激励，一定是使命、愿景和价值观的感召式激励，只有这“上三路”的激励做到位了，这时候物质激励的效果才能显现出来。特别是当一个企业在初创时期，没有品牌，也给不出高薪，这时候你吸引人才、激励人才的方式就只能是使命和愿景。

书里讲了一个当年任正非招揽郑宝用的故事。华为在 1987 年刚成立时，就是一家贸易公司，代理销售一些消防设备和电子元器件。一次偶然的机会，华为做起了电话交换机的生意，发现这个产品利润高、市场大，于是想自己搞生产。但任正非找人研究了大半年，没什么起色。当时的项目负责人郭平告诉任正非，他有一个同学叫郑宝用，超级聪明，如果他来主持研发，肯定能搞定。但是，当时郑宝用刚刚考入清华读博士，这时候想让他放弃学业，到一家名不见经传的民营小公司上班，他如何肯答应？

任正非听完以后说，没关系，我们试一下。后来任正非到北京出差，专门去找郑宝用。一上来，任正非就给郑宝用讲述了中国通信设备市场“七国八制”的惨痛局面。也就是，中国市场被七个发达国家的产品所瓜分，这些产品相互之间还不互联互通，给用户造成了很大不便。然后任正非说：“我来找你，就是想和你一起干一件大事，让中国人能够用上自己的产品，把世界列强赶出去。”郑宝用回忆说，他当时听完后热血沸腾，被深深打动。任正非又接着说：“你加盟华为后，我直接任命你为总工，负责整个企业的产品研发。你的基本薪酬也可以享受公司最高水平。”

任正非这套“连环激励拳法”一打出来，硬是把不可能变成了可能，郑宝用当场就答应加盟华为，后来用不到两年时间就推出华为自主研发的第一款产品。

这个故事告诉我们，对于真正的人才进行激励，一定是使命和愿景先行，再以物质激励做保障，步骤不能走反了。

吴建国把华为的人才管理之道总结为三个核心动作，一是精准选配，二是加速成长，三是有效激励。

# 勇气

所谓的勇气，是在你看清了生活的真相之后，依然热爱生活。

## 一

转眼间，第一批 90 后创业者已迈入而立之年，他们将面对的是更险峻的考验。融资更难了，在创业时靠一个好的创意就能拿下百万融资逐渐成为过去式。

创业红利见顶了，靠打造一款“极致”的产品就能颠覆一个行业的产品经理式梦想覆灭。巨人已经占据山头，他们无处不在。

考验面前，90 后创业者们也不再痴迷于上一个时代的商业神话。他们保持乐观，选择回归理性、回归商业本质、回归脚踏实地做好当前的事。

春节期间，我通过视频采访的方式，与一位 90 后女性创业者对话，尽管之前我们已经认识，但这次正式的采访，让我更全面地理解这一代创业者鲜明的印记——渴望改变世界，遭遇过挫折，却还是选择一路向前，把创业当作磨刀石，磨砺自我。

从她身上，我看到了 90 后女性创业者的“勇气”。

## 二

她叫田玉玉，人长得和名字一样恬美。

田玉玉 1990 年出生于新疆乌鲁木齐，采访伊始，谈到自己的出身时，她开始有些“犹豫”，但很快就向我坦诚，她说她是个“弃儿”，出生后亲生父母没有要她，而是送给了战友家抚养，也就是她现在的养父母。采访开始田玉玉这一份坦然面对自己出身的勇气，给我留下深刻的印象。

这是一个军人家庭，从小养父母对她的要求很严格，而她从懂事起，总是能听到身边的人说，“田玉玉是亲生爸妈都不要的孩子”，每次听到这样的话，她都会躲起来哭一场，但擦拭完眼泪，她总会鼓起勇气对自己说，“以后我一定要做一个自立自强的人。”

故事从她的身世讲起。后来，田玉玉考上了哈尔滨工程大学，选择的是品牌设计与策划专业。大学期间，这新疆来的姑娘还真是不“老实”，从大二开始就是一边上学一边做服装生意，学业和创业两不误，她一直希望能靠自己念完大学。

大学毕业后，田玉玉来到西安，一次偶然机会，她发现一家叫“碰碰凉”的冰淇淋店生意不错，于是萌生加盟创业的想法。跟养父母商量时，被狠批了一顿，养父认为这是“不务正业”。养父母一家都是军人，在他们看来，找一份体制内工作才是正事，而且也确实早就为她准备好了一份铁饭碗式的工作。

但倔强的田玉玉拒绝了父母的安排，她坚持要出来自己创业，为此，开始找朋友借钱，很快她筹到了第一桶金，开起了第一家冰淇淋店。因为选对了地方，加上她不错的营销方式，第一家店非常成功，不到三个月就把借来的钱都还清了。

第六个月的时候，第二家店准备开业。这半年里，田玉玉没有和父亲通过一次电话，这一次开业，她很希望父母可以到西安来，见证她的创业成果。父亲一开始了解是冰淇淋店，以为就是一个小杂铺。开业当天来到现场，那场面让养父很惊讶，这是一个接近 300 平方的店面，装修高端大气，服务员就有 10 来人，这可不是普通的小店。

田玉玉还临时安排了父亲致辞，他百感交集，认为女儿很争气，从这一天开始，养父开始理解并支持她创业。

田玉玉在西安的创业之路，尽管中间也有困难坎坷，但总体上还算顺利，不到三年时间陆续开了 7 家门店，此时，她才 20 岁出头，也算是小有成就。

## 三

2012 年，一位朋友邀请田玉玉到深圳做客。这一次的深圳之行，让田玉玉萌生了到深圳创业的想法。她在南山科技园、福田中心区转了一圈，觉得深圳的商业环境和创业氛围特别适合年轻人，而且很适合她所学的专业。

内心的热情一旦被点燃，就很难扑灭。田玉玉回到西安后，对所有她加盟的冰淇淋店做了转让处理，然后收拾行装，一个月后踏上了南下深圳的飞机，开启她人生的再一次改变，而这一决定，更是需要勇气。

来到深圳后，田玉玉遇见了品牌策划领域的大师级人物叶茂中，并且成为他第 101 位入门弟子，这让田玉玉有机会回归专业领域的工作。2013 年，她创办了深圳田玉玉品牌设计公司，开始了全新的创业之路。

田玉玉创业的理想很坚定，目标很清晰，她给公司写下的愿景是服务千万家中国品牌，助力中国民族品牌的成长。尽管是学习这一专业的，也有了师傅的指导，但田玉玉在深圳人生地不熟，根本不知道自己的客户要从哪里来。

她想到了社群模式，先是通过老乡群进入到企业家交流圈，之后也报读了商学院，一边学习一边结识新朋友，很快有了自己的第一批客户。

我一直想从田玉玉身上总结 90 后创业者的标签，除了“使命感”“胆子大”，还有一个词是“目标感强”，只要给她“抓”到的客户，她绝不轻易放手，一定要把设计案做到极致，死磕到底。

如今，她的团队已有了 30 多位设计师，谈到创业最大的挑战，她坦言，“90 后管理 90 后”，管理是一件特别难的事。但同时，90 后也更加理解 90 后，90 后渴望简单直接的管理方式，90 后需要更多的空间和更弹性的工作环境。

90 后不好管理，90 后的设计师更不好管理，越是有创造力的设计师，越是需要创新的激励方式。田玉玉设计了一套合伙人模式，让优秀的设计师出资成为公司的合伙人和经营者，并且设计师也可以继续裂变自己的内部创业团队。

“懂设计的经营者加上有理解经验的设计师”，这种完美的结合，必定能打造出自己最好的品牌。

谈到未来，田玉玉说，“公司整个团队的创业是基于一个崇高的信念，那就是提升中国企业的品牌力，我们做这件事情不是为了养家糊口，因为我们都很年轻，做自己喜欢的，做自己觉得对的事情，有意义的事情。”

## 四

我从田玉玉身上，看到了 90 后女性创业者专业的精神，认真的工作态度，同时，还有一种感觉叫“青春的温度”。

“我们好像经历没那么丰富，能力没那么足。但好处在于，我们有的是时间去学习，不断打破自己，重建自己。”

田玉玉花了很多时间研究自己身上的问题。“我发现，如果要比工作经验和技能，我肯定比不上前辈。”但她认为，决定未来的是创业者的心态及看东西的远见和格局。

关于生活，她的态度是“不将就”，第一段婚姻失败，她笑着说，那是年轻不懂事的代价，该放手的时候就放手。现在一个人带着两岁多的女儿，田玉玉要一边工作，一边照顾女儿。尽管创业与生活无法做到很好的平衡，但她一直在尽力陪伴女儿的成长，她希望给女儿更多的温暖。在谈及她自己的婚姻和家庭时，我看到了新生代创业者的另一种勇气，就是更愿意去接受现实生活的挑战，敢于去承受生活中一切的不如意，对生活不敷衍，不将就。

最近，她还谈一个男朋友，是一位军人，从她脸上灿烂的笑容可以看出她的幸福。

“一直想当个军嫂，遇到对的人不容易，真的遇到了，那就勇敢地去开始吧。”

她，就是这样，一个对生活不将就，却又勇敢地去面对生活的 90 后。

茨威格说，勇气像逆境当中绽放的光芒一样，它是一笔财富，拥有了勇气，就拥有了改变的机会。

是的，所谓的勇气，是在你看清了生活的真相之后，依然热爱生活。我从田玉玉身上，看到了 90 后女性创业者面对逆境的勇气，平衡生活与工作的勇气，以及不断突破自我认知、重建自我的勇气。

我从田玉玉身上，看到了90后女性创业者专业的精神，认真的工作态度，同时，还有一种感觉叫『青春的温度』。

## 因为热爱

“乐器可以像电器一样，每家每户都买得起，或像电饭煲一样，插上电你就会用，音乐可以是生活中美好的一部分。”

——胡海明

### 一

如果一个人能把自己的爱好变成一项工作，因兴趣而创业，那将是一件非常幸运的事。

樊登因为热爱阅读，创办樊登读书会，从此将读书、讲书当成自己的事业，创业5年，让3亿多国人养成读书的习惯；吴晓波喜欢文字，热爱观察与写作，创办蓝狮子财经出版中心和“吴晓波频道”，文人创业，实现了情怀与商业价值的完美结合，成为中国最富有的财经作家。用他自己的话说，“把生命浪费在美好的事物上”。

老一辈的创业者，大多数是因转业或因生计所迫而进入一个领域，他们是一边创业一边学习，然后再慢慢培养兴趣；而随着新生一代成长起来，他们不再为生活所迫，新生代创业者更加注重个人的兴趣和理想，带着改变世界、改变生活的初心，踏上了创业的征途。

## 二

青春年华，大学校园，拿着吉他坐在草坪上，和你的同学们一起弹唱一首《同桌的你》，畅谈未来与梦想。这个画面，我们都曾经历过，而他，却努力将爱好变成“余生有你”。

1989 年出生于湖南普通农村家庭的胡海明，通过个人努力考上大学，主修生物工程专业。大学期间他积极参加各种社团，但最钟情的还是“玩乐队”。

谈到创业初心时，胡海明微微一笑说，“因为热爱”。

2009 年毕业的时候，胡海明没有选择自己的本专业工作，而是选择到一位老乡的吉他厂实习，他喜欢音乐，也喜欢玩各种乐器。短短半年的实习工作，初出茅庐的胡海明发现了一些“机会”：一方面是淘宝电商的迅速发展，尤其是互联网销售模式让乐器更容易走进千家万户；另一方面是四弦“吉他”尤克里里在国内几乎是空白的市场。

实习期间，胡海明尝试着在淘宝开了一个乐器小店，通过这个方式让他开始理解电商和互联网，然后不断学习，吸收新的知识，慢慢地梳理自己对乐器行业的理解和未来市场的判断。

因为对乐器的热爱，加上看好行业的前景，2010 年，年仅 21 的胡海明毅然决定出来创业。

他创业的起点选择在广东惠阳——“中国吉他产业之都”。

吉他属于“舶来品”。20 世纪 90 年代，国内的吉他制造企业都是拿国外吉他图片来模仿，直到台湾商人将制作吉他的标准技术带到惠阳，生产出中国大陆第一把以国际标准制造的吉他，再由一群台商“孵化”出一条完整的产业链条，已历时20余年。

“如果想造一把专属自己的吉他，在惠阳只需要半天时间就可以找齐所有的配件，而且每一项配件都是全球知名的生产厂家。”胡海明说。

数据显示，惠阳每年的吉他产量占据全国的60%、全球的25%，尤克里里吉他更是占全球产量的80%。

而正是惠阳，珠江边上的历史文化名城，胡海明开始从这里出发，一步步实现自己的音乐梦想。

## 三

创业初期，胡海明以电商销售及外贸为主。“很幸运，刚创业的时候就找对了几个大客户，所以很快就积累了更多的资金。因为我的性格不擅长应酬，所以需要太多应酬的生意就不想做，这倒逼着我思考着如何把产品做到极致。”

2013年开始，胡海明创建品牌“恩雅乐器”，开始在电商平台以恩雅品牌销售;2015年恩雅乐器开始建立工厂，投入研发、设计团队，开发自己的产品，实现从业务端向产品端转型。

“有了好产品才能有好品牌！”胡海明内心很坚定，要不断通过产品创新，形成竞争壁垒，然后才能真正建立起品牌。

什么是好产品？胡海明受日本迅销集团董事长柳井正的启

发，要品质也要好价格，成就了优衣库成为全球领先的服装品牌，就是“又好又便宜”。胡海明希望乐器像电器一样，每家每户都买得起，像电饭煲一样，插上电你就会用，他觉得音乐可以是生活中美好的一部分。

他说，“恩雅乐器希望以最低的价格，给到顾客具有工匠级别的高质量乐器，为顾客创造惊喜与感动”。

当然，好产品的出现，需要的正是创新。

从2013年创立恩雅吉他品牌起，胡海明就组建了一支10余人的研发团队，主攻吉他新材料的替代研发，以及吉他琴颈的拼接设计改良，投入的研发费用达200多万元，此后逐年以20%的研发投入在增加。

2016年，胡海明的研发团队受国外知名吉他品牌材料创新的实践启发，研制出了一种可替代木材的HPL（高压层积板）新型材料，本质上是木浆纤维，可以说打破了行业的僵局。此前吉他受原木材料的制约很大，成品出厂后还会受销售地温度、湿度的影响，导致变形、稳定性降低等问题，HPL技术的应用，解决了这些难题。这些新型材料直接用于公司尤克里里产品的制作，恩雅乐器在更低的材料成本、更好的弹奏稳定性实现之时，成功打开了国内销路。

“搞研发，做品牌，并不是排斥学习和借鉴别人的好东西，同样拿到专利的可拆卸式琴颈设计，就是一个巧妙的借鉴。”胡海明说，过去吉他琴颈和琴体之间基本都是用胶粘的方式生产，但时间长了容易出现变形，正是借鉴了国外品牌的一项拼接工艺，他们完成了用螺丝钉拼接的升级。这些创新成果不断地给行业生产工艺带来颠覆性的改变。

## 四

大概每个人心中都会藏着音乐的小梦想，而不少人却只是停留在喜欢，却被拦在专业培训的门外，因此，玩音乐的人远远少于爱好音乐的人，而胡海明正是看到了那一大群徘徊在音乐门外的人。

“慢慢地我们发现，售卖一个乐器并不是我们的目的，我们的目的是让人们玩乐器。让买乐器家庭的孩子在玩乐器的过程中审美能力得到提升，整个家庭的幸福感得到提升，这才是我们玩音乐的本质。”

胡海明希望理解顾客，所以他不断地贴近顾客，并从中得到启示：音乐教育的意义大于乐器本身。2017年，恩雅乐器正式推出了轻松解决尤克里里自学方案的ENYA smart尤克里里，重新定义未来乐器的学习方式。恩雅推出的教育APP——AI音乐学院，上线三个月就实现盈利，如今已经吸引了400多万的在线用户。

AI音乐学院还吸引了许多音乐人和音乐老师，新手可以非常容易地找到自己喜欢的老师，在家里就可以轻松学习，这让音乐教育市场得到无限放大。胡海明及他的团队，不仅回到乐器的原点，毕竟是想学乐器才买乐器，所以恩雅必须要让顾客学会玩乐器，并通过音乐教育帮助顾客实现音乐梦想。

就这样，胡海明通过不断贴近顾客和持续创新，恩雅乐器逐渐形成了“新制造 + 新零售 + 新教育”的闭环模式。

如今，创业已有 10 年的胡海明，依然喜欢穿白色衬衫和休闲牛仔裤，给人一种“邻家大男孩”的青春感觉。

问到创业近十年，有什么困难或挫折，他微微一笑说，自己在创业路上的很多关键节点算是踩对了，所以还算顺利。要说难题，自己刚创业时，面临的最大痛苦是管理。他坦言自己性格内向，喜欢安静，不是很适合“管人”，但这些年自己也一直在成长，通过学习，认知升级了，领导力提升了，也更懂得激励团队，并吸引了不少优秀的行业人才的加盟。

谈到未来，胡海明说，“余生都是你”。因为热爱音乐，热爱乐器，他和团队将不断通过技术创新，往数字化方向发展，通过创新构建人跟音乐互动方式的变革，让音乐成为人们美好生活的一部分。

随着新生一代成长起来，他们不再为生活所迫，新生代创业者更加注重个人的兴趣和理想，带着改变世界、改变生活的初心，踏上了创业的征途。

# 创业江湖

我们把从商叫“下海”，江湖也就汇向海洋。踏进江湖，从来不乏勇士，但身处现代商海，又要在科学化经营中学会走出江湖。

## 一

我一直觉得，江湖其实并没有远去，它总是暗暗潜藏在营商技法的水下。

改革开放的红利时期，涌现出了一批胆子大、敢拼敢闯的先行者。他们或者单打独斗，历经风雨，徒手绘制自己的商业版图；或者遍寻知己，同甘共苦，相互扶持打造共同的商业集团。而后者中，无论是“刘永好四兄弟”之“亲兄弟，明算账”的商界佳话，或是“万通六君子”之“座有序，利无别”的传奇故事，都带着梁山好汉式的江湖意味。

时过境迁，闯江湖式的抱团成长仿佛在商战风云中逐渐静默，以马云、马化腾为代表的个人英雄逐渐成为创业者偶像。我们看历史常常囿于只看到结局，所以在评判江湖意味十足的合伙人模式时，我们往往只看到他们大多数陷入有始无终的困境，却忽略了这种铤而走险、百无禁忌的激情风格恰恰强化了经商所必需的胆量。

2020年初新冠疫情肆虐时，我跟1989年出生的陈春通过视频采访的方式交流。在我印象中，他一直有一种超越年龄的沉稳。我一直认为或许是坎坷经历的创业磨砺令他快速成长，直到跟他聊起了他的“造梦合伙人”，我才蓦然发觉，他的稳重在一定程度上来自于那种“有兄弟在撑腰”的底气。

四位年轻人从农村走出来，创业动机非常纯粹——“自己当老板总比打工强”。因为把起点放得非常低，所以哪怕获利微小，他们都可以给自己一个交代，哪怕四个人均分收益，他们也愿意与兄弟齐头并进。在他们眼里，兄弟抱团闯荡商海，仗义疏财，比自己一个人走更勇敢。

## 二

作为创业四兄弟的主要发起人，陈春没有光鲜亮丽的背景，他在高中毕业后进入了一家做3D打印和3D设计软件的香港公司，开始接触3D打印行业。离开公司后，创业的念头一直停留在陈春脑海中，但找不到合适的合伙人让他也迟迟下不定决心。2013年底，在一次展会上，陈春遇见了现在的三位合伙人，四人一见如故。

“我们四个年纪一样大，商量后又一致觉得3D打印这个行业前景很好，我们四个人又十分投缘，于是说干就干了”。

回想起当年的创业激情，陈春的嘴角挂着分明的笑意，而我看到了他眼神里焕发着一种叫做“梦想”的光。

闯荡江湖，义字当头。为了全力以赴，他们每个人都给自己办了一张信用卡，约定好一旦资金短缺，哪怕是刷信用卡套现，也一定要把事业坚持到底。拿着东拼西凑来的三十多万元，他们租下了第一个厂房，面积只有350平方米，但租金和押金却交了十几万，剩下的就是这四位年轻人的创业资金。

2014年8月，深圳市创想三维科技有限公司成立。

“那时候啥也没想，既然决定了，就不再犹豫了。我们甚至都没有清算各自的资产，有钱出钱，有力出力。”

创业前两年，四位合伙人是不拿工资的，股权分红就是平均分配。2016年之后开始发工资，四个人的工资也是一模一样。

“合伙人之间最忌锱铢必较，我们心态都很好，四个人从来没有因为钱出过问题。”陈春对于他的合伙人是充分信任的，谈及他们的感情，他甚至带着一丝丝的骄傲。

## 三

行走江湖，要守江湖规矩。在商海里浮沉，这片江湖要谈的或许不是去颠覆行业，而是要去推动整个行业的进步，不是去教育客户，而是与客户共同成长。正如管理学教授陈春花老师所说：“不再熟悉的世界中，机会依然源于回归顾客价值，物美价廉是经营永恒的道理。”

2014年，3D打印机在海外认知度较国内高。作为一项新的技术，它应用于医疗、建筑、机械、工业设计等行业的3D建模及创客思维引导教育，但由于其 6 万美金一台的高昂价格，始终没有得到广泛普及。创想三维创立之初，陈春和他的合伙人就决定跳出行业内大打价格战的漩涡，从源头上开拓新技术与新材料。经过不断地摸索研发，终于在 2014 年底，他们创新性地将摄影器材上价格低廉却高效实用的新材料应用于 3D 打印机上。开发的新型打印机在国内电商平台以颠覆性的价格，在当年迅速夺顶销量冠军，推动了行业变革。

“我们的 3D 打印机以 400 美元为界，往上做高端品牌，往下做中低端市场，不跟同行硬碰硬，并以差异化研发来谋求发展。”在公司第一个爆款产品销量达到最高峰时，陈春一次与客户交流时发现：尺寸太小正在影响公司产品的销量。他们当机立断决定开发一款大尺寸的新型打印机。

经过一年的市场调研与技术研发，2015 年下半年，第二款新型 3D 打印机问世，尺寸翻了近两倍，价格也在同尺寸产品中具有压倒性的优势。由于性价比高，这款 3D 打印机一经问世便成为“全球爆款”，这也成为创想三维发展的新起点。

在 Facebook 上有位客户的评价令陈春印象很深，他说“创想三维应该成为苹果级别的公司”。这简短的评论启发陈春思考着如何带领公司打造自主品牌，向着苹果级别的品质去发展。陈春认为，现在的 3D 打印机就像过去的手机和电脑，十几年后，3D 打印机会走进千家万户，成为各个家庭个性化定制的工具。为此，他们也积极研发着小型化和极具性价比的产品。

与用户一起成长，除了精研产品之外，3D 打印行业还要有人去做布道者，推广 3D 打印的过程也任重道远。2016 年始，创想三维加强网络推广的比重，积极促进品牌推广。2018 年，公司组建海外销售团队，此后公司开始以海外推广的成功经历来推动国内 3D 打印行业的发展。创想三维在线上的京东、亚马逊、eBay 等都做到销量前三，线下则积极参加各类展会，使线上线下相互赋能，进行口碑营销。

创业六年，陈春和他的合伙人，带领着创想三维团队在 3D 打印行业打下了一片江山，“做方向对的事情，做难的事情，花时间攻克痛点、难点，创造独特价值”，是陈春六年来深刻的总结和领悟。

## 四

大抵从古至今都是打江山容易，守江山难。

“太平天国运动是农民兄弟患难与共闯出来的，但有了江山之后怎样平衡的问题让他们分崩离析。我们的结构一直不被看好，同样模式的公司后来也断断续续的分家了，但我想说创想三维可以走出自己的路子出来。”陈春说。

他们四人一起走过沐风栉雨的日子，在公司起步阶段，白天开发客户，晚上就自己做售后，疲惫不堪却相互支持，尽管这中间经常会为公司的战略或决策争吵。

“我们知道我们争论的出发点是为了公司更好，任何争论都是对事不对人，你有想法，我们支持你，但是其他人可以保留意见。”可以说，创想三维的四名年轻的创始人，拥有与这个时代相符的心态：开放与包容。

激情闯荡的江湖厮杀在某种程度上更适于事业开创阶段，

如果在事业稳步前进中依然天马行空，就难免令事业陷入盲动。陈春他们也明白这个道理，所以在公司的组织日益庞大时，他们便开始谋划着以科学化的管理褪下江湖化的野蛮生长。

在高管层，他们四人根据各自的优势协议分管销售、售后、研发等板块，各司其职。对于员工，他们则参考华为的股权激励方案，拿出了部分股权分给入职超过一定年限的员工。

“这个公司如何发展下去要靠整个团队而非四个人，我们必须将打下的江山与整个团队分享，形成整个系统的自循环。这种类似江湖的启示要上升到战略层面，而管理层面必须要走向科学化。”

如何走出江湖？ 如何实现科学化经营？ 这是陈春和他的合伙人在思考和努力的方向。为此，他们一起去商学院学习管理，带领团队建立现代企业管理制度，通过科学专业的股权激励设计，让团队告别江湖式的分配方式。公司还投入资金建立信息化管理系统，提升企业运营效率；为了让创新三维走向国际化，他们还不断吸纳国际化的人才。

越来越多的年轻人走进创想三维，从 2014 年的 4 个人发展到 2020 年的 800 余人，每年公司翻倍增长的员工人数时常让陈春惊叹。“每位加入创想三维的年轻人都是我们的兄弟姐妹，我们定不能辜负他们。”

在现代化商战中，下海时的江湖哲学历久弥新。江湖不是恒定的守则，那些你可能觉得老调重弹的诚信、仗义、同甘共苦，往往就是江湖，它不曾离去。但走出江湖化的野蛮生长，科学化经营或许才能在海上乘风破浪，勇往直前。

回想起当年的创业激情，陈春的嘴角挂着分明的笑意，而我看到了他眼神里焕发着一种叫做『梦想』的光。

## 在人生的更高处相见

我们不管处于什么年龄阶段，都可以随时通过自己的努力来改变命运，人是活在自己创造的生命状态中的。

### 一

我一直相信命运是个变数，但这个变数需要命运的主人来创造；变好变坏，也需要命运的主人来决定。

不经意间挥一下手，空气就会改变。命运，也会因为不同的意念和行动而改变。意念和行动创造出属于这个人的气场，气场的改变推动不同的人走向不同的人生道路。

同样的家庭成长环境，兄弟姐妹之间可能走上完全不同的人生道路；同一所大学同一专业毕业的一群人，数年后的同学聚会，大家的成就和人生截然不同；同样的市场竞争环境，两家起步相当的企业也可能命运完全不同。

有些东西也许是我们没有办法改变的，比如我们的基因组成、我们出生的时代背景、我们的家庭出身、我们的长相等等，这些东西是先天决定的，我们必须坦然接受。

能够让我们的命运改变的，有两个最主要的因素：一是我们成长的家庭环境，尤其是父母的影响；二是我们长大后自己选择的生命状态。

父母对我们的影响几乎可以打上一辈子的烙印，对我们未来的命运走向也起很大的作用。遇上好父母是你一生最幸运的事情，因为自你出生开始，父母已经开始塑造你，像雕刻家一样在雕刻你。

除了父母，人的命运走向，70% 掌握在你自己的手里。想要成为一个什么样的人，最终是由你自己来决定的。我们不管处于什么年龄阶段，都可以随时通过自己的努力来改变命运，人是活在自己创造的生命状态中的。我们经年累月，不管是主动还是被动，创造了一种生命状态，然后不自觉地生活在这种生命状态里。

这种生命状态就叫作“命运”。

## 二

2020 年的大年三十，我与好友陈泽聪相约下午茶，主题是谈创业与生活，我们希望以一种轻松愉悦的方式，总结过去，思考未来，畅谈创业的酸甜苦辣，个人的成长以及我们所谓的“生命状态”。

我与陈泽聪相识时间不算长，一年有余，但一见如故。这一年多里，既是兄弟般的朋友，无所不谈；又是事业上的伙伴，他是我们创业的第一个天使投资人；更重要的是成长中的伙伴，我们爱读书、爱行走，相约在人生的更高处相见。

1987 年出生于广东潮阳的陈泽聪，成长在深圳，是典型的“深二代”。用他的话说，他受父亲的影响很大，父亲是白手起家，从事钢铁生意，在深圳打拼多年，给家庭打下了不错的经济基础。而父亲艰苦朴素、严于律己、乐善好施、勇于担责等优秀品格，一直通过言传身教，去影响和教育孩子们的成长。

从 2009 年开始，陈泽聪开始了曲折的创业之路，这也是一段不同寻常的“修行之路”，一路上要不断突破思维边界，改变自己的生命状态。

从零售、餐饮到外贸、文化，再到金融投资，陈泽聪尝试着不同的行业。

“那段时间，每天要凌晨四五点钟起床，一天要工作十几个小时，非常累，但付出并不代表着成果，我低估了创业的难度，第一个创业项目虽然最后并不算成功，但我学到了许多东西……”

试错经验，对于创业者来说是多么的重要。“我们没有进入到那个行业中去，很多成本我们没有核算到，很多隐性的问题我们看不到，很多管理上的挑战你从没有想过。一句话，创业维艰！”

我一边泡着工夫茶，一边听陈泽聪分享他的创业故事，情节跌宕起伏，故事一波三折，伴随着他一段段或成功或失败的创业经历，他总结说所有这些，最有价值的是“自己的认知升级了，格局和视野升级了，而最终变成熟了”。

成熟跟年龄没有绝对关系，有的人二十多岁就很成熟了，有的人五六十岁仍然成熟不起来。成熟意味着能够抓住机遇，抓住人心，还意味着能在逆境中自我生长。

一个人一生的机遇是有限的，一家公司同样也是如此。抓住机遇的能力和你的年龄关系不大，和你的判断力、思维的敏捷性有关。

## 三

数年前，一本《穷查理宝典》的书深刻地影响着陈泽聪，查理·芒格的处世哲学和多元思维模型让他受益终身。

“做正确的事情能给个人的品格和事业带来很大的好处。”这是查理·芒格给年轻人的建议，这其中的智慧如“获得智慧是一种道德责任，为此你必须坚持终身学习”，因为光靠已有的知识，你在生活中走不了多远。唯有像查理·芒格和巴菲特他们一样，“每天夜里睡觉时都比那天早晨聪明一点点”，才能使人满意。

查理·芒格的一生中，多元思维模型贯彻始终，无论是阅读学习，还是投资选股中都能发现它的影子。他的多元思维模型为他提供了一个背景，使他拥有了看清生活本质和目标的非凡洞察力。

那么，什么是多元思维模型？研究人性的心理学表明，如果你只能使用一两种思维模型，将会扭曲现实，直到它符合你的思维模型，或者至少到你认为它符合你的模型为止。

为了解决这个问题，你必须涉猎各个不同的学科，拥有横跨许多学科的知识模型，即多元思维模型。它借用并完美地糅合了许多来自各个传统学科的分析工具、方法和公式。一种思维模型的力量是有限的，甚至连一场考试都不能应付；而100

种思维模型往往能够带来非凡的力量。你或许会觉得，掌握100种思维模型也太困难了，查理·芒格花了93年才完成。

受查理·芒格处世与投资智慧的影响，并经过前期的探索完成了行业积累，陈泽聪在2014年开始成立“金主资本”，从事天使投资的工作，在他看来，这是十分有意义的一件事，他想成为一位战略投资者，与创业者一起探索商业世界的边界。

“创业者有好的项目，好的团队，好的价值观，但创业初期是最难的，熬得过去了，就成功了。”陈泽聪希望他的金主资本，可以帮助有潜力的创业者度过最难的那个阶段，他不仅投钱进去，还会成为创业者背后的成长见证者和陪伴者。

从2014年开始，陈泽聪大大小小投了二十余个项目，大多数发展良好，现金流流充足，这在天使轮投资里，成功率是很高的。同时投资的项目，对教育、科技、环保等领域产生了正向的影响力。

“投资即公益”，这是陈泽聪反复强调的一句话，也是他的投资价值观，他把天使轮的投资以及帮助别人实现梦想，当作是一件公益且有意义的事。

## 四

关于未来，我们都渴望成功，无论你从事什么行业。工夫茶的最后一个话题，是探讨“成功”，陈泽聪认为成功有三个境界。

第一重是所谓的“世俗的成功”。企业赚到钱了，或是上市了，每个人变得有钱了，实现财务自由，这些都是世俗的成功。

世俗层面的成功非常有必要，没有世俗的成功，谈任何理想都是扯淡。

但是，只有世俗的成功是远远不够的。为什么有些煤老板感觉自己没有社会地位？为什么那么多有钱人赚到钱后觉得精神很空虚？为什么中国古代的商贾巨富要给自己的孩子捐一个官位？归根到底是因为他们只是取得世俗层面的成功，在社会价值的坐标体系中并没有占据一席之位。

所以说，成功的第二重境界是创造社会价值。帮助更多的年轻人创业，是陈泽聪想要实现的社会价值。而我们所创办的华董汇，通过服务全球创新创业者，帮助他们实现更好的连接，并通过连接创造价值，这是一件利他的事业。

成功的最后一层意义，是要拥有从演员变成观众的能力。团队中的每一份子都是演员，创业者最大的成功就是让团队成员在舞台上演出，而我们在台下鼓掌叫好。我们要做的就是搭好舞台、布好背景、设计好路径，让更多的人发挥自己的才华和创造力，跳出最美的舞蹈来。

工作之余，我与陈泽聪都有一些共同的爱好和习惯，比如读书、运动、行走看世界，这些对于充实生活确实很重要，但更加重要的是思考、总结、反思、领悟，一个人通过领悟走向更高层次，到达豁然开朗的境界，人生的精彩永远是质胜过量。

人所做的一切，都会以另一种方式回来。回来的时候，最好在人生的更高处相见，只有这样，我们所犯的错误、经历的苦难、度过的岁月，才算真的有其价值和意义。

他想成为一位战略投资者，与创业者一起探索商业世界的边界。

人所做的一切，都会以另一种方式回来。回来的时候，最好在人生的更高处相见，只有这样，我们所犯的错误、经历的苦难、度过的岁月，才算真的有其价值和意义。

# 后记

## 相信细水长流的力量

这些年流行跨年演讲，而我每年选择以老方式相聚：在酷暑来临的盛夏，选择在一个清凉的夜晚，与数百位企业家、创业者及亲朋好友，分享我的新书，同时也会邀请几位企业家代表朗读名著经典，2020年是新书演讲的第三年，与我承诺的30年，还有很长的路要走。

本书是我商业励志散文三部曲之第三部，在去年的新书演讲中，我承诺每周写作五千字，每年出版一本书，坚持30年。这一承诺看似简单，坚持下来实属不易，作为非专业写作者，我要在每天十分忙碌的工作与生活中间不断切换，挤出时间回到心境自然的写作状态，这实际需要不小的毅力和勇气。但收获还是值得的，我希望通过这种方式，记录身边创业者的成长故事，记录这个时代的商业与人文之美，也记录城市变迁与生活之美。

我坚信细水长流的力量，我希望能把中国的商业和人文精神相融合，并不断影响着创业者和企业家。接下来的十年，我们要准备好迎接人文时代的到来，要坚信人文的力量会在未来得到更大的彰显。中国人需要精神的回归，中国社会需要沉淀。

过去的一年，有许多人和事让我感动，记忆深刻，我想先讲一个故事。

数个月前，龙永图部长和我们分享了一件事，他说他第一次见到大海时非常震撼。大海的辽阔无垠、一望无际对他后来的人生影响很大，遗憾的是他第一次见到大海时已经23岁了，所以他一直有个愿望，他希望更多偏远山区的孩子能够早一点走出大山、见到大海，这样对他们未来的人生一定会产生重要的影响。

龙部长感慨说，自己是一个从大山里走出来的孩子，没想过自己最后能成长为共和国的一名部长，有幸参与并见证了中国加入WTO的全过程。他也希望通过组织山里的孩子，到沿海地区去看海，在这中间有机会为国家挑选出一些好苗子，培养他们成为未来山区里的好县长、好市长，以此来改变他们的命运，也改变贫困山区的命运。

于是，2018年龙部长个人捐赠原始资金发起并成立了“蓝图基金会”。

自从成立之日起，蓝图基金会每年组织数批来自贵州、云南、广西等地山区的孩子，来到东部沿海城市，开展蓝图海洋公益研学活动。龙部长说：“看海、看外面的世界，从而开阔视野，培养开放意识，丰富人生阅历。我希望孩子们可以通过海洋公益研学活动，能够让来自大山里的自己，获得为实现梦想而努力奋斗的力量；能够培养博大的胸怀、包容的精神；能够收获自信、勤奋、诚信和阳光的优秀品质，孩子们能有大的进步，立志成才。”

龙部长的这一份情怀感动了许多企业家和身边的人，俞敏洪、马化腾、白岩松等相继加入蓝图基金会理事会，成为这一公益事业的参与者。龙部长通过自身的经历，为了国家下一代人才培养，从针对青少年儿童的一个海洋研学的公益项目做起，他说他会一直坚持做下去，用龙部长的话说，“相信细水长流的力量”。

过去的一年，我和我的伙伴创办了“华董汇”，我成为一名创业者。

从“旁观者”到“躬身入局者”，我整整花了10年时间。从2009年开始，我一直从事企业服务工作，致力于打造一个为创业者提供社群交流与价值分享的平台。

经常有人问我：“你见过那么多的企业家和创业者，你认为创业能取得成功，并且能在各种经济危机、经济寒冬中屹立不倒的最主要的秘诀是什么？”

这个问题不容易回答，每个时代的创业者，成功的基因不同，有的还是偶然或者说运气的因素在。如果非要回答这一问题，我想，清晰的使命和目标、坚定的经营意志力、持续勤奋的付出、超凡的领导力等，是创业持续成功的最重要的因素。在我采访的取得卓越成就的企业家中，他们中绝大部分人在自己的领域持续创造价值，与顾客共同成长，与员工共同成长，并不断推动行业进步。

我称这种力量为“细水长流的力量”，不因外界环境的改变而改变，坚持初心，目标坚定，细水长流。

在作为“旁观者”的10年里，我接触过许多年轻的创业者，他们在创业初期尤其艰难，少资金、无资源、缺经验，遇到市场环境恶劣，稍有不慎，即面临着破产的风险，而创始人常常也是孤独和无助的。

创办华董汇的初心，是希望可以支持到更多的有想法的创业者，搭建一个温暖的创新创业者互助社群，帮助创业者在最困难的时候或最关键的时候，因为一份资源的连接或是组织的帮助，能够渡过难关。所以，华董汇创立伊始，我们明确的使命是“连接创造价值”，致力于人性中最本质的情感需求与价值连接，我想，这是一件很有社会价值的事情。

然而，持续经营好一个创业者或企业家社群，最难的坚持，是那一份细心长流的执着精神。创办华董汇，我被问得最多的问题是，你们与传统商协会有什么不同？你们的商业模式是什么？这也是我每天问自己的问题。如果你都找不到出路，你拿什么去捍卫你相信的事情?

当我“躬身入局”，成为一名创业者的时候，也会迷茫，也会焦虑，也会面对着无数的难题。龙永图部长勉励我们说：“华董汇是一个新物种，需要用全新的思维来做事，你们要创造出一套自己的进化论，就叫华董进化论吧。”

与智者对话，总是能得到深刻的启迪，以及心灵上的慰藉。龙部长教导我们，始终要相信细水长流的力量。也许事情就是这样，你所期待的事没有发生，而你自己可能已经变成了期待的一部分。时间和现实教会我：坚实地走好每一步，做好当下的事，解决好当下的问题。因为如果你总是在一种否定的状况下去定义自己的事业和意义，那你就会被卷入一个持续不安与低效的过程中。

创办华董汇一年来，我们通过“社群连接+企业成长陪伴”，以及“线下+线上”的方式服务企业，通过全球创新创业大会GCIE的平台整合全球的创新资源和智慧，通过“共生”的理念，打造千亿级的企业共生价值网。我们没有感到不安，因为这种前进是点点滴滴、脚踏实地做出来的，接下来，我们会更加大胆地探索创新，不断拓展产业链的边界。

我喜欢意大利作家卡尔维诺说过的一句话：“我对任何唾手可得、快速、出自本能、即兴、含混的事物没有信心。我相信缓慢、平和、细水长流的力量，踏实，冷静。”

此外，我们还需要激情。今天我依然笃信，缺乏激情，就不可能对某件事持续专注和倾注心血。世界是丰富的，人性是复杂的，我们尽力提供那些可以帮助人们认清事物本质的思想和知识，而不是简单地归类、贴标签。如果日常生活是一个坚硬的外壳，我们就是要努力去冲破这层壳，让心灵获得慰藉、感受自由。

这一年来，时常被人问及：“你这一年都经历了什么？最大的思考和启发是什么？有没有后悔出来创业？”

我觉得人生追求的境界是八个字：“初心不变，落幕无悔。”享受创业的过程，用心感知每一个当下；永葆好奇心，探索自己未知的边界，让心灵自由，这比什么都重要。

最后，我特别喜欢的一首词曲《无羁》，歌词正是我想表达的启发与感受，献给大家：

闻笛声，独惆怅，云深夜未央

是与非，都过往

醒来了，怎能当梦一场

红尘中，毁誉得失如何去量

萧萧血热刀锋凉

山高水远

又闻琴响

陈情未绝，卧荻花月如霜

煮一壶生死悲欢，祭少年郎

明月依旧何来怅惘

不如潇潇洒洒，历遍风和浪

天涯一曲共悠扬

我称这种力量为『细水长流的力量』，不因外界环境的改变而改变，坚持初心，目标坚定，细水长流。

享受创业的过程，用心感知每一个当下；永葆好奇心，探索自己未知的边界，让心灵自由，这比什么都重要。

附录

# 推荐语

## TCL 大学执行校长、华董汇顾问导师

### 许芳

如何在不确定的世界安住，应该是我们每个人都面临的话题，谢谢义林诚挚真切的分享。在义林的新作中，我看到了他对人生、对生活、对事业、对自由之心的美好向往与追问。卢梭在其名著《社会契约论》中开篇第一句话便是："人是生而自由的，但却无往不在枷锁中。"世界从来就充满着不确定，"如果人服从自己制定的律法，即是自由心"。而我们却往往因思维模式、认知局限，在这高度不确定的环境中迷失、散乱、惴惴不安。如何安住？每个人都会有自己的探求方式与答案，听听义林如何说，我想是颇有裨益的。

## 路华集团董事长、华董汇荣誉理事长

### 陈步霄

充满传奇色彩的新书《在不确定的世界里安住》问世了！我一口气翻阅了全书，除了感动还是感动，这可谓是一本适逢其时的好作品。

我是一个非常喜爱读书但又极为挑剔的读者，一本十万字左右的书让我一口气读完这应该是第一次。我很震撼，作者作

为一位80后，笔锋犀利流畅，文风成熟老到，面对百年不遇的全球疫情影响，镇定而有条不紊地做出客观表达，实属难得！

## 卡酷尚集团董事长、华董汇执行理事长

### 郭晓林

很开心再次收到义林的书稿，2020年对所有人来说都是不平凡的一年，疫情带来的不确定性让人们重新去认识自己与生活、事业、世界的关系，因为人们需要在迷茫和焦虑中寻找前进的力量。相信细水长流，用时间与坚持去实现承诺、追逐梦想！

义林在书中用自己的理解和践行，在疫情期间以“开悟、记录、行走、创业、生活”五个篇章，用全新的视角带领我们一起思考：人生如果是一场生命的修炼，也许在不确定性的世界，回归内心的平静，投身有意义的工作，最终达到思想自由和人格完善就是安住的姿态。

## 卡的智能科技有限公司董事长、华董汇常务理事长

### 颜秉军

很多人在人生修行的路上会发生争执，就如同大家都在爬同一座山，有的在走盘山路，有的选择了林间小径，有的选择走台阶，走的过程中因各自看到的风景不同而起争执，产生从不同角度的争论，却忘了爬山本身更在乎观赏风景的心境以及登顶的喜悦。但当其中的一部分人登顶之后，才发现不管什么途径爬上来的，所在的高度与看到的风景都是一样的，这就是

道归于一，也叫殊途同归。

做每一件事、完成每一项工作都是修心的过程。但诚然，创业与打工是两把“力度利度”均不同的雕刻刀，对修身修心的雕刻深度是不一样的。经历一年多创业积累的义林秘书长，思维深度比原来做职业经理人时更丰富了，从《在不确定的世界里安住》书中内容可以感受得到。

## 乐天集团总裁、广州市天河区政协委员

## 王洁霞

“一念天堂，一念地狱，心若正念，便是晴天。”如义林书中所写，正念所倡导的人生态度，是专注、接纳、信任和耐心，是体验生命本身的富足和美好。义林的这本书，让2020年因为疫情这起黑天鹅事件而变得有些许焦虑的内心，突然从容安定起来。在不确定的世界里，唯有“正念之心”，方能让我们镇定自若，不以物喜，不以己悲。

一本好书，总能让我们透过它看到更宽广的人生观。我一直在思考应该如何更好地诠释“生命”，却在这本书中找到了答案。那就是用童年的时代修炼自身，长大成人有独立自主的能力后，能够把目光往外移，尽自己所能为他人为社会贡献自己的一份时间，这与我搭建“乐天”这个事业平台不谋而合。

在不确定的世界里，看淡身外之物，看轻流言蜚语，做事但求问心无愧不求面面俱到，学会坦然接纳，这样的我们，才能够更轻松自在的在这个复杂而不失善意的世界安住。

## 深圳汇基集团有限公司董事长、华董汇联席理事长
## 董承胜

要在不确定的世界里安住实属不易！书中的每一篇文章，都充满敬天爱人、成人达己的信念，既有人文主义的洒脱，又有管理科学的理性。身处不确定的世界，我们每个人都在变化中成长，在危机中寻找机会，在不确定中寻找确定性，只有视界越宽，办法才越多。

“不确定”“安住”，这两个词既表现了作者对世界的理性认知，也展示了作者的价值主张和生活态度，颇有一种“不管风吹浪打，我心自有向阳处”的洒脱！义林是非常勤奋的，他以每周五千字，每年一本新书的速度记录他所处的时代，并在创业一年之时出版新书，向他表示祝贺！

## 深圳市天月明包装制品有限公司联合创始人
## 陈惠芬

在他温文尔雅的背后有一颗执着的心，作者本想记录下身边企业家们鲜活的创业历程，怎奈命运的安排，作者从一个“旁观者”毅然成为“躬身入局者”，成功创办了华董汇，相信作者置身创业者的大潮中，更能深层次记录我们所处的商业时代和人文精神，期待每年都能读到他对这个时代的理解和思考。

## 宝星行集团总经理
## 黄光敏

作者作为华董汇的创始人之一，写这本书期间经历了从职业经理人到创业者的转变，尤其是新冠疫情的影响，他和华董汇所做的尝试和经历，让这本书变得更加立体，更加有血有肉。读作者的文字，如行云流水，如老朋友娓娓道来，又在其中可以窥见自己，让人沉思，这本书非常值得多翻几遍。

## 深圳市傲天科技股份有限公司总经理
## 陈习群

结识义林，缘于多年前对国学的好奇，我参加了博商国学班，认识了义林和年轻的秘书处团队。由于是潮州同乡，亲切之余深感其与众不同之处：远超越年龄的成熟与从容，儒雅谦逊的书生气质，又拥有孩童般的真诚与单纯，如清泉般清澈透亮。

去年参加义林的新书发布会，他说他未来的目标是：每年写一本书，坚持 30 年。被这个目标深深感动和折服，我们往往连跑步 30 天都坚持不了，别说如此需要付出时间和心力的写作，我希望一直见证并收藏义林的 30 年心作。

收到义林第三本书《在不确定的世界里安住》书稿，我十分认真地阅读，再次感动与感恩。感谢在疫情期间义林把个人与亲情的心悟，产业与创业的感悟，用平实真切的文字奉献给大家一份满满的“安住”！想起疫情期间，义林创办的华董汇为会员呈现了一场场线上的领导力管理课程，倡导引领企业家直面疫情，化危为机的思考与行动，正是在不确定世界里的安住。这是一份温暖与力量，而这份安住，如同义林身上的书生意气，单纯笃定的行动力，助力创业者的创业情怀闪闪发光，温暖人心！

## 广东移动市场部副总经理

### 陈敏

现代社会，时间仿佛被人按了快进键，我们在不停地奔跑。当精神和身体的步调不一致时，便滋生了无限的焦虑。作者告诉我们，在不确定的世界里，我们可以“放松下来，让心与外界连接”，不管生命处在什么阶段，什么状态，都要始终保持勇往直前的奋斗精神、永不止步。这是一种正念！细腻优雅的笔触，传递着作者对生命、人生的开悟，对亲人、朋友、伙伴的爱与责任。让我们在不知不觉中，追随他的脚步，去感悟和修行，直至遇见更好的自己！

## 重庆顺博贸易有限公司董事长

### 林萍

初识义林是七年前，在深圳。略带青涩的眼神让帅气的他颇有文青范儿，却又分明透露出坚定，这股坚定充盈着踌躇满志、干劲十足的劲头。

经历了这场突如其来的新冠肺炎疫情，相信每个人对生命、生活和工作都有了更多的感悟。待百业复苏之际，拜读义林《在不确定的世界里安住》这部书稿，甚为欣喜。义林以真挚的情感、细腻的笔触与我们分享了年轻企业家在时代浪潮中的所思所想，书中传递出对真善美的追求和对生活的热爱，让人瞬间从浮躁繁琐的事务中脱身而出，感受到一丝放松和愉悦。

“不仅活着，更要活好。”工作中的义林一丝不苟，踏实肯干，同时富有远见卓识。相信通过他和他的团队共同努力，义林和君浩创建的华董汇一定会成为中国最具影响力、最有价值的企业家社群平台。

## 鑫丰国际实业有限公司董事长
## 张勇明

“秘书长”创办“华董汇”一年有余，可我们每次见面并没有改叫为“郑总”，仍称呼“秘书长”。他文质彬彬、内心丰富温润、思想敏锐又极有深度，十足天生“秘书长”的料。他前两本书我都有幸细读，阅后最大的感触是我们有幸见证了这样美好的时代，收获的是满满的正能量。

而这本新书内容更契合我们创业者的心声，书中你可感受到作为创作者的迷茫、艰辛、无奈，同时我们能跟随他独有的创业修行法门：清晰的目标、开放的自我及细水长流的精神等。如果说前两本书给人以“正能量”，那此书给人更多的是“慧能量”，静能生出智慧。我愿意静静地等待“秘书长”每年新书的出版，在他的身上学习人生的智慧，让自己的人生更加安住。

## 深圳市海和科技股份有限公司董事长

### 曹鹏云

我和郑秘书长认识多年，这些年，他在商业上取得一步步的成就，包括创办华董汇为企业家做资源整合平台，让我敬佩。更让我敬重的是，他在取得这些成功的同时，将自己多年的人生感悟和商场经验写成了多本书，这些书帮助了我做出很多艰难的选择，同时也帮助了很多人走出迷茫。

他将他丰富的人生经历浓缩成精华，挥笔写下这本书，无论是大湾区企业家戈壁远征挑战赛，还是创业所经历的艰辛探索，都引起了我的共鸣，也给了我积极进取的勇气。这本书的珍贵之处是你不仅能读到他对商业的敏锐触觉，还能从他对生活、社交以及人生的体验与感受中获得启示。

## 苏州圈时代文化艺术有限公司董事长

### 钱炜

2020 年突如其来的全球疫情，给太多人带来的是无助、迷茫、惊慌，甚至是颓废。但作者却用心如止水的心境和敏锐独特的视角，娓娓道出了创业者的品质。热爱、包容、勇气、坚韧，这也许就是每一个创业者必须具备的基本品质！

本书作者透过自身创业的亲身经历和对创业本质的深度思

考，设身处地的理解创业者，洞悉创业者的苍白和隐痛，苦苦地寻觅着工具和方法，脚踏实地的搭建华董汇企业家生态圈，华董汇平台既是资源汇聚之地，又是思想碰撞之花。作者洞悉着每个创业者的需求，探索有用的创业路径，并倾尽全力默默无闻地帮助每一个创业者，是值得尊敬的良师益友。

## 深圳市艾特讯科技有限公司董事长
## 郑国荣

我和郑老师是高中同窗，作者是一名做事执着、做人有情怀的学者型商业探索者，这是我对他内心的评价，不一定完整，但应该能代表很大一部分。高中时代，作者创办了启帆文社，那个时候，他的大部分文章我都一一拜读。大学毕业后我们天各一方，暂时失去联系，3 年前我们重新取得联系后作者送给我他的第一本新书。我当时内心无比惊讶，“致虚极，守静笃”，在这充满诱惑的商业世界里，作者依然保持他高中时代那份勤奋和执着，也一直在守护他心中那一抹心灵的洁净。

不确定性是我们工作和生活中所遇到的一种常态，追求确定性则是一种内心的动力和内在精神。商业本身就充满了不确定性，而人文却是我们为数不多可以确定的，作者用他的初心和专注力，搭建华董汇这样一个有温度的创新创业者互助社群，通过连接创造无法丈量的价值，有资源和赋能的协同，也有智慧和共生的分享。

## 书享界创始人、《华为管理之道》作者
## 邓斌

我很欣喜看到义林兄“商业励志散文三部曲”圆满出版。这个书系记录了义林兄身边创业者的成长故事，记录了这个时代的商业与人文之美，也记录了城市变迁与生活之美。

义林兄和我有很多共性：我们都是80后，平时都沉默寡言但始终保持思考，每年都出版一本书等。但他身上有一个“特长”让我特别羡慕：既能写好商业观察，又能写好散文。

《在不确定的世界里安住》一书，充沛的情感、细腻的笔法、优美的诗词、发人深省的哲理故事，让人难以想象这是一位商业观察者的作品。这恰恰就是他的独特之处，他和他的作品，都值得大家近距离阅读。

**图书在版编目（CIP）数据**

在不确定的世界里安住 / 郑义林著. -- 北京 : 九州出版社，2020.11

ISBN 978-7-5108-9894-5

Ⅰ. ①在… Ⅱ. ①郑… Ⅲ. ①散文集—中国—当代
Ⅳ. ①I267

中国版本图书馆 CIP 数据核字（2020）第 231193 号

**在不确定的世界里安住**

---

作　　者　郑义林 著
出版发行　九州出版社
地　　址　北京市西城区阜外大街甲 35 号（100037）
发行电话　（010）68992190/3/5/6
网　　址　www.jiuzhoupress.com
电子信箱　jiuzhou@jiuzhoupress.com
印　　刷　东莞市鹏城雅致印刷科技有限公司
开　　本　880 毫米 ×1230 毫米　32 开
印　　张　7.125
字　　数　142 千字
版　　次　2020 年 12 月第 1 版
印　　次　2020 年 12 月第 1 次印刷
书　　号　ISBN 978-7-5108-9894-5
定　　价　48.00 元

---